《中国家庭基本藏书》

新闻出版总署优秀畅销书奖
全国优秀古籍图书普及读物奖
第十七届山西省优秀图书一等奖
第二届山西出版政府奖
山西出版集团2008年度十种好书

全套藏书累计销售500万册

中国家庭基本藏书（修订版）

诸子百家卷
《诗经》《尚书》《礼记》《楚辞》《论语·大学·中庸》《孟子》
《老子》《庄子》《荀子》《韩非子》《孙子兵法·尉缭子·鬼谷子》
《墨子》《周易》《山海经》《吕氏春秋》《三十六计》

名家选集卷
《三曹诗集》《陶渊明集》《王勃集》《王维集》《孟浩然集》
《高适集》《岑参集》《李白集》《杜甫集》《白居易集》
《刘禹锡集》《元稹集》《李商隐集》《李贺集》《杜牧集》
《韩愈集》《柳宗元集》《李煜集》《欧阳修集》《王安石集》
《苏轼集》《黄庭坚集》《柳永集》《秦观集》《周邦彦集》
《李清照集》《辛弃疾集》《陆游集》《范成大集》《杨万里集》
《姜夔集》《文天祥集》《元好问集》《唐寅集》《张岱集》
《三袁集》《李贽集》《傅山集》《纳兰性德集》《袁枚集》
《郑板桥集》《龚自珍集》

史著选集卷
《左传》《国语》《战国策》《史记》《汉书》《后汉书》《三国志》
《资治通鉴》

综合选集卷
《唐诗三百首》《宋词三百首》《元曲三百首》《千家诗》《古文观止》
《汉魏六朝小赋骈文选》《唐宋八大家文选》《明清小品文选》

笔记杂著卷
《蒙学六种——三字经·百家姓·千字文·增广贤文·幼学琼林·格言联璧》
《颜氏家训·朱子家训》《世说新语》《金刚经·坛经·心经·地藏经》
《曾国藩家书》《菜根谭·小窗幽记·幽梦影》《浮生六记》《闲情偶寄》
《近思录》《徐霞客游记》《古代书信精选》

戏曲小说卷
《元杂剧精选》《西厢记》《牡丹亭》《长生殿》《桃花扇》《今古奇观》
《三国演义》《水浒传》《西游记》《红楼梦》《聊斋志异》《儒林外史》
《封神演义》《话本小说选》《文言小说选》

中国家庭基本藏书　名家选集卷

岑参集

［唐］岑参　著
阮堂明　解评

山西出版集团
三晋出版社

博学工作室

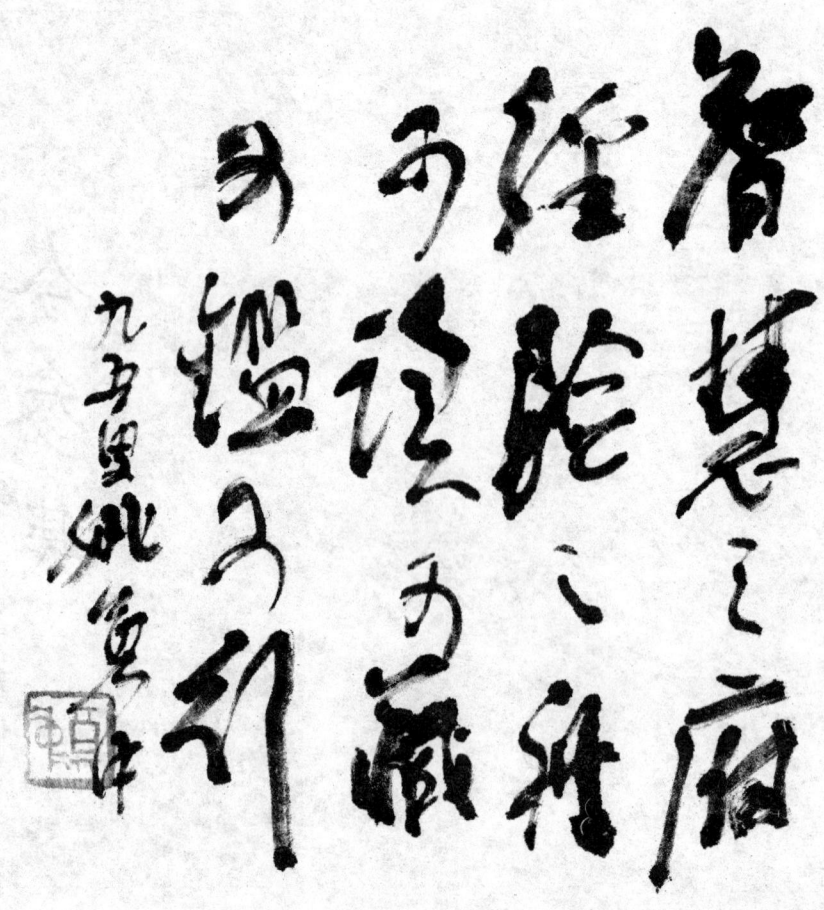

·山西大学教授姚奠中先生为《中国家庭基本藏书》题词

前言

唐明皇开元（713—741）、天宝（742—756）时期，是我国古典诗歌的高潮时期，一时大家辈出，群星璀璨，涌现出像孟浩然、王维、李白、杜甫、高适、岑参、王昌龄、储光羲、常建、王之涣、崔颢、李颀等一大批诗人，他们天资极高，秉天地之气，得江山之助，或漫游天下，或从军边塞，或隐居山林，或求仙礼佛。他们立足现实，追求理想，将感性的生命欲求与理性的宇宙人生之思结合起来，在继承和发展魏晋以来崇尚超越、追求精神自由与个性解放的思潮的同时，也避免了魏晋士人耽于玄虚之境而表现出的虚无主义色彩。正是这种丰富多彩的人生阅历与思想追求，盛唐诗人们创造出了大量兴象玲珑、骨气端翔、含蕴无尽、无迹可求的诗篇，从而揭开了中国文学史上最为璀璨夺目的华章。如果寻求这个时期的诗歌主潮，我们不能不将其归结为浪漫精神与理想主义。

不过，以往在描述盛唐诗歌的

这种风貌时，我们往往比较多地横向地从总体上作把握，忽略了盛唐诗四十余年发展过程中的变化。美国汉学家史蒂芬·欧文（中文名字为宇文所安）在《盛唐诗》（生活·读书·新知三联书店2004年版）中将盛唐诗人分为三代。按照他的分法，孟浩然、王维、李白、高适、李颀、王昌龄、崔颢等属第一代，岑参、杜甫、元结属第二代，韦应物及大历十才子等则归为第三代。这种将盛唐诗人按代细分的思路，将盛唐诗作为唐诗发展的一个独立阶段来看待，使我们对其发展过程及细节有了更具体、清晰的认识。不过虽然如此，这种分法仍然有未臻完善之处，主要表现在两方面。其一，按照这种分法，作为盛唐前期诗人的贺知章、包融、张若虚等被排除在了盛唐之外，而据《旧唐书·贺知章传》，"神龙（705—706）中，知章与越州贺朝、万齐融，扬州张若虚、邢巨，湖州包融，俱以吴越之士，文词俊秀，名扬于上京"，在当时已经产生了很大影响，从生平看，他们创作的时期主要在开元年间，因此他们理应被视为盛唐诗人。其二，像韦应物及大历十才子等为代表的第三代诗人，尽管主要出生于开、天时期，其创作则主要在大历之后，严格说来，他们的诗已不属于盛唐，而属于"后盛唐"时代的范畴。因此，根据这种情况，我们认为，盛唐诗人，以时代而论，应作这样的划分：一是盛唐早期诗人，以孟浩然、贺知章、张若虚、包融、贺朝等为代表；二是盛唐中期诗人，以李白、王维、高适、王昌龄、储光羲、李颀、常建、王之涣、崔颢等为代表；三是盛唐后期诗人，以杜甫、岑参、元结等为代表。

根据这种划分，作为盛唐第三代诗人的岑参，实际上也是这个时代浪漫诗潮最后的代表诗人。虽然从天宝初开始，盛唐诗歌的浪漫精神便因为朝政的腐败而趋向消减，贺知章天宝二年（743）告老还乡、李白天宝三年（744）被赐金放还，更具有这种消减的标志性意义。不过，由于巨大的惯性力量的影响，以及诗人各自遭际与经历的不同，对于诗坛当时的这种变化，这种消减，诗人并非同时感受到，或者感受的程度并不一致，有不少诗人仍然沉浸于以大唐帝国花团锦簇的繁华外表为背景的浪漫氛围中。如果说天宝三年以后，李白诗歌的浪漫精神逐渐淡化，还主要是受个人政治理想破灭因素影响的话，其他人则还大多未从这种沉湎中醒来，并仍然在惯性作用下，继续着具有浪漫精神的创作。直到天宝十一载（752），这种情形才发生了变化。这年的秋天，高适、薛据、储光羲、杜甫、岑参聚于长安，并一同登览慈恩寺塔。五人中以高适与薛据为年长，二人先作《同诸公登慈恩寺塔》，其他三人相继唱和。正是在这次诗会中，我们看到了诗坛创作风气转变之机。这组诗除薛据之作失传以外，其余四诗均存于世。现存四首诗，杜甫、高适的诗均较为关注现实人生，尤其是杜甫的诗，作为诗人"登兹翻百忧"之心境下的创作，比之高适关注个人出路，更表现了对大唐帝国盛世不再及面临的命运危机的深刻忧患。莫砺锋先生在《杜甫评传》（南京大学出版社 1993 年版）中曾认为此诗对于杜甫诗歌创作而言，具有转折性意义，标志着杜甫从"浪漫主义诗坛游离出来"，这种认识是非常准确和深刻的。由莫先生所论，我们可以得到一点启示，即当时诗坛创作风气，尽管因为杜甫开始酝酿着新的变化，但因为惯性的力量，仍然沿着浪漫精神的轨道发展。我们需要注意的是，岑参参与此次诗人之会所作的《与高适薛据登慈恩寺浮图》诗，又具有什么样的特点，给了我们什么样的启示呢？我们不妨先看他的这首诗：

> 塔势如涌出，孤高耸天宫。
> 登临出世界，磴道盘虚空。
> 突兀压神州，峥嵘如鬼工。
> 四角碍白日，七层摩苍穹。
> 下窥指高鸟，俯听闻惊风。
> 连山若波涛，奔凑似朝东。
> 青槐夹驰道，宫馆何玲珑。
> 秋色从西来，苍然满关中。
> 五陵北原上，万古青濛濛。
> 净理了可悟，胜因夙所宗。
> 誓将挂冠去，觉道资无穷。

从诗中可以看出，岑参表现慈恩寺塔的宏伟崇高之势，主要以夸张与想象性的笔触加以描写，尤其是诗的前半部分，意象飞动，神采斐然，体现了诗人天才般的想象力与充沛、活跃的诗才与情思。整首诗读来气势宏放，洋溢着浓郁的浪漫色彩与精神。从中不难看出作为与会诗人中年纪最小的岑参（岑参当时 36 岁，而薛据与高适均已 50 多岁，储光羲 46 岁，杜甫 41 岁）逞才使气，欲借与诸公"角力"、比试，以显示自我存在的意思。正如史蒂芬·欧文在《盛唐诗》中所说："正如高适需要解脱与岑参并称而较缺乏才赋的名声，岑参也需要弥补作为名副其实的边塞诗大师的声誉。"（第十章《岑参：追求奇异》）不过，我们注意的，主要还不在此，而是岑参当时尚未注意到大唐帝国繁华表象背后的深刻危机，以及受此影响而引发的诗坛创作风会的转变之机。事实上，岑参创作此诗时，人生尚处于低谷，其创作的个人化风格还未形成和确定。他作为盛唐年辈较晚的诗人，此前诗歌所积累的丰富诗学遗产，成为他创作的巨大财富，因此早年岑参的诗风主要在王维、孟浩然及李白的影响之下。虽然他早期的诗就精神实质而言，也具有鲜明的浪漫精神情调，但从根本上说，还有一定的模仿的因素，岑参个人化的风格与表现方式尚未形成。与此相应，虽然早在天宝八载（749），岑参已入高仙芝幕府，在西域经历了两年多的边塞生涯，但他第一次出塞所创作的边塞诗，并未展示出边塞异域独特的自然与人文风情。或许由于不得志的缘故，他首次出塞而作的边塞诗，更重在表达眷恋故乡的主题，诗歌成就总体而言并不大，并未将边塞诗特有的气势与格调表现出来。

不过，或许是受天宝十一载（752）长安诗人之会、尤其是与作为边塞前辈诗人的高适之会的影响，天宝十三载至十五载（754—756），岑参在第二次边塞经历中所创作的边塞诗，才真正开始了独创阶段，也将唐代边塞诗的创作带向了高潮，体现了盛唐诗歌浪漫精神的最后辉煌。这个时期，岑参因受封常清的赏识，意气风发，接连创作出《走马川行奉送出师西征》、《白雪歌送武判官归京》、《热海行送崔侍御还京》、《火山云歌送别》、《天山雪歌送萧治归京》等一批堪称唐代边塞诗的经典之作，这些诗以西北广阔浩瀚的沙漠为背景，展示了边塞奇异瑰丽的自然风光与多姿多彩的异域风情，歌颂了戍边将士保家卫国的爱国精神，皆洋溢着理想主义与乐观主义的精神，体现了诗人豪迈壮大的情怀，具有崇高的审美特征。时至今日，我们读到"北风卷地白草折，胡天八月即飞雪。忽如一夜春风来，千树万树梨花开。……瀚海阑干百丈冰，愁云惨淡万里凝"、"四边伐鼓雪海涌，三军大呼阴山动"、"君不见走马川，雪海边，平沙莽莽黄入天。轮台九月风夜吼，一川碎石大如斗"等等诗句，仍然为其强烈的气势而震撼。比之传统的边塞诗多以乐府旧题写乐府，岑参这些诗在创作上多采取七言歌行的形式，克服了乐府旧题与所反映的实际生活内容之间的错位，能更直接、更真实地反映边塞生活。虽然以歌行写边塞诗非始于岑参，在李白的诗中已开其先河，但应该说，作为以边塞诗创作著称的诗人，岑参的这种诗歌形式在边塞诗的创作上运用得最多，也最成熟。岑参将豪迈不羁的性情与歌行体的自由形式高度统一起来，对于表现慷慨淋漓、壮大豪迈的情怀来说，是最恰当的方式。不过，我们这里需要强调的是，岑参这个时期的边塞诗,从盛唐诗的发展背景来看,可以说是盛唐浪漫诗潮的绝响。诚如史蒂芬·欧文所言:"虽然岑参的边塞诗无愧于其声誉,他事实上处于传统的末尾,是最后一位广泛描写边塞生活的盛唐重要诗人。"其实,岑参不仅是"最后一位广泛描写边塞生活的盛唐重要诗人",同时也是盛唐时期最后一位浪漫诗人。在他与西北边塞还沉浸于浪漫的精神世界的时候,唐代帝国当时不仅是"山雨欲来风满楼",更是面临着"黑云压城城欲摧"的危机。这个时期的李白,日益为自己的生机所困,处于焦灼、压抑的苦闷之中,并且随着年岁的增加,其创作已无复先前的神采。而此时的杜甫,更是早已完成了由浪漫向写实的转变,不仅创作了具有强烈讽谕精神的《丽人行》,更写有《自京赴奉先县咏怀五百字》这一具有诗史意义的宏伟长诗,全景式地再现了安史之乱爆发前夕唐帝国深刻的社会与政治危机。而同为盛唐后期诗人代表的元结也在进行具有新乐府意义的写实性作品的创作。只有岑参似乎还沉浸在大唐帝国的繁华之梦中。因此,他在天宝末期的诗歌创作,真正具有了盛唐浪漫诗潮最后绝响的意味!不仅如此,将盛唐诗歌放在古代诗歌史的背景下看,甚至可以说岑参也是中国古典诗歌浪漫精神的最后的诗人。

"盛唐浪漫诗潮的最后一位诗人",是我们对于岑参的认识,也是对其诗史地位的评价。这种评价,我们认为是符合盛唐诗发展的实际的。限于体例与篇幅,我们这里还不便于对此作更详细与具体的阐述,但相信读者自会有更高明的认识。

本书所选岑参诗,以《四部丛刊》本《岑嘉州集》为底本,参考《全唐诗》本及今人陈铁民、侯忠义所注《岑参集校注》。在评解与注释中,也参考吸收了时贤的研究成果,在此谨致以诚挚的谢意。为方便读者使用,末附"岑参年谱简编"、"岑参著作主要版本"、"岑参研究主要著作"及"《岑参集》名言警句"(正文中用着重号标注)。受编者学识及水平的局限,本书在篇目的选定及诗的注释、评解方面一定还存在不少失当甚至错误之处,希望得到读者朋友的批评与指正,既帮助我们提高水平,同时也便于以后有机会修订时及时补正。

阮堂明
2008 年 8 月

论岑参的边塞诗(代序)

高文　王刘纯

岑参(715?—770),南阳(今河南南阳)人。他的生平事迹大略可以分为三个时期。

第一个时期是他三十岁出塞之前。岑参出身于一个没落的封建官僚家庭,他的曾祖父文本相太宗,伯祖父长倩相高宗,伯父羲坐太平公主谋逆遭诛,家道衰落。父亲岑植曾两任州刺史。参少年时,父逝,从兄受学,"能自砥砺,遍览史籍"(杜确《岑嘉州集序》)。十五岁时,到嵩山少室读书,在早期诗作中,可以看出他耽情山水,恬然自适的思想情绪。但积极用世,是他思想的主要方面。二十岁,他"献书阙下",赴长安求仕,结果是"金尽裘弊,蹇而无成"(《感旧赋》),失意而归。虽然如此,他继续为求仕而奔波,曾多次往返于京洛之间,还到河朔、邯郸、冀州、匡城等地漫游。他在《感旧赋》中写道:"出入二郡,蹉跎十秋,多遭脱辐,累迁焚舟,雪冻穿履,尘淄弊裘。嗟世路之其阻,恐岁月之不留。倦城阙以怀归,将欲返云林之旧游。"这个时期,交游多为僧人、隐士,加之仕途失意,佛家的避世思想时而在他身上有所表现。

直到三十岁,岑参才应举及第。中第后只授右内率府兵曹参军的小官。他感叹地说:"三十始一命,宦情都欲阑,自怜无旧业,不敢耻微官。"(《初授官题高冠草堂》)此后到他三十五岁出塞前的四、五年间,一直身居微职,未得升迁。但诗人并不甘心久沉下僚,仍然寻求建功立业的机会。

以后转入第二个时期。这个时期从天宝八载(749)到至德二载(757),包括诗人的两次出塞。这是岑参一生中的重要时期。

和唐代其他从军边塞的文人一样,岑参也选择了在戎马生涯中开拓自己前程的道路,作以军功致位的人物。天宝八载冬,岑参第一次出塞,赴安西(今新疆库车)节度使高仙芝幕府任掌书记。初次出塞,诗人的意气是昂扬的,他在《初过陇山途中呈宇文判官》诗中满怀信心地写道:"万里奉王事,一身无所求。也知塞垣苦,岂为妻子谋?"但在两年多的军幕生活中,诗人并没有施展抱负的机会。天宝十载(751),他回到长安。次年秋,岑参和杜甫、高适、薛据、储光羲相会于长安,同登慈恩寺塔,相互唱和,各自写下了著名的诗作。他此时还避居终南山,写了一些送别、赠答的篇什。

天宝十三载(754),岑参被北庭节度使封常清辟为节度判官,第二次出塞。这次出塞由于受知于主帅,所以胸襟开朗,心情振奋,他写道:"何幸一书生,忽蒙国士知。侧身佐戎幕,敛衽事边陲。自逐定远侯,亦著短后衣。近来能走马,不弱并州儿。"(《北庭西郊候封大夫受降回军献上》)至德元载(756)又出任伊西、北庭支度副使。在北庭历时约三年馀,足迹几遍整个西北地区,生活阅历大大丰富,视野更加开阔,加之有第一次出塞的生活基础,因此,创作达到了全盛时期,写下了许多气势磅礴、雄奇高亢、烂漫多彩的边塞诗。这些诗歌的表现领域空前扩大,题材多样,洋溢着爱国热情。他羡慕"功名只向马上取,真是英雄一丈夫"的壮士,歌赞"四边伐鼓雪海涌,三军大呼阴山动"的唐军声威,称颂唐军战士"誓将报主净边尘"的报国精神。这些作品代表了诗人边塞诗的最高成就。在这一时期的诗作中,有很多是作者自己亲闻亲见的纪实,其中还保存了许多有关西北边疆古地理、交通、民俗、民族交往以及少数民族歌舞、音乐等史料,这在岑诗中是弥足珍贵的部分。

岑参生平的第三个时期,是从至德二载(757)直至去世。这一时期,岑参的仕履比较复杂。大约在至德二载的春夏之交,自边地东归,诣凤翔肃宗行在所,经杜甫等人的推荐,授右补阙。在谏官任上,他正直敢言,"频上封章,指述权佞"(《岑嘉州集序》),故为权贵所嫉。三月,转起居舍人,四月,出为虢州长史。他写诗慨叹仕途的再次失意:"世事何反覆,一身难可料。头白翻折腰,归家还自笑。"(《虢郡守还》)虽然如此,但他忧国忧民的心情并没有减退。对安史之乱,诗人是痛恨的。在《行军二首》(其一)诗中写道:"胡兵夺长安,宫殿生野草,伤心五陵树,不见二京道。"并对安史叛军烧杀劫掠所造成的严重后果表示愤慨:"干戈碍乡国,豺虎满城堡,村落皆无人,萧条空桑枣。"同时,诗人对"误落胡尘里,能持汉节归"(《送裴判官再归河阳幕府》)的爱国将士给予热情肯定,高度评价他们抗敌平叛的英勇行为,并对安史之乱的迟迟不能平定深表忧虑。

唐代宗宝应元年(762)春,岑参被改授太子中允,兼殿中侍御史,充关西节度判官。十月,任雍王李适(即唐德宗)掌书记,进讨史朝义。又迁祠部、考功二员外郎,转虞部郎中。永泰元年(765),出为嘉州刺史。因蜀乱,行至梁州而还。大历元年(766),蜀中崔旰叛乱,剑南西川节度使杜鸿渐入蜀平乱,表岑参为职方郎中,兼侍御史,列于幕府。入蜀途中,诗人写下了《早上五盘岭》、《入剑门作寄杜杨二郎中》等诗作,反映了对消灭军阀割据势力的积极态度和渴望国家统一、百姓安宁的良好愿望。大历二年四月,赴嘉州刺史任,次年七月,秩满罢任。此时,他仍以天下事为念:"四海犹未安,一身无所适。自从兵戈动,遂觉天地窄。"(《西蜀旅舍春叹寄朝中故人呈狄评事》)对国家不宁、兵戈不息的局势表示忧虑。八月,东归乡里,因乱改道北行,寓居成都。五年正月,客死旅舍,终年约五十六岁。

岑参的诗歌,沈德潜《唐诗别裁》评云:"能作奇语,尤长于边塞。"边塞诗是岑参创作的精华所在。由于他"往来鞍马烽尘间十馀载","城障塞堡无不经行",对边地生活有长时期的深刻体验和认识,所以边塞诗的内容极为丰富多彩。

岑参边塞诗的主题是多方面的。首先,诗人热情歌颂边防将士豪迈的战斗生活、唐军的雄威和高涨的士气。在他描写战争的诗里,表现出充满胜利信心的英雄乐观主义精神,犹如一曲高亢激昂的战歌,读之使人鼓舞振奋。这可以用他第二次出塞时,在封常清率军抗击犯边之敌前夕写下的《走马川行奉送封大夫出师西征》和《轮台歌奉送封大夫出师西征》等著名的七言歌行作为代表。其次,诗人以轻快的诗笔,真实地记述了汉族和少数民族之间互相团结、和睦相处的动人情景。边境战乱平息之后,生活是和平安宁的,各族人民之间的关系是融洽的。诗人写道:"西边虏尽平,何处更专征。幕下人无事,军中政已成。座参殊俗语,乐杂异方声……"(《奉陪封大夫宴》)"琵琶长笛曲相合,

羌儿胡雏齐唱歌。"(《酒泉太守席上醉后作》)

再次,是关于祖国西北边地奇异景色的描绘。在这些诗中,诗人更多地是在写景中倾注了自己热爱祖国、热爱边疆的深厚感情。如《白雪歌送武判官归京》:"北风卷地白草折,胡天八月即飞雪。忽如一夜春风来,千树万树梨花开。"诗从塞外冰天雪地的奇丽风光着笔,出人意想地用千树万树的梨花作譬喻,给人以无边春意的感觉。又如《热海行送崔侍御还京》:"侧闻阴山胡儿语,西头热海水如煮。海上众鸟不敢飞,中有鲤鱼长且肥。"又如《火山云歌送别》:"火云满山凝未开,飞鸟千里不敢来。平明乍逐胡风断,薄暮浑随塞雨回。"写出了一个不可思议的新奇世界。总之,在岑参笔下,飞雪、热海、火山等西域景物,不仅为过去诗歌未曾描写,也为"古今传记所不载"(宋许顗《彦周诗话》)。

另外,岑参的边塞诗中还有一些是描写边疆少数民族音乐、舞蹈的,如《田使君美人如莲花舞北旋歌》等,描绘"北旋舞"的舞姿、服装、配乐及"旋转如风"的特点,对今天研究古代舞蹈有一定的参考价值;另有一些怀乡思家之作,如《赴北庭度陇思家》、《逢入京使》等,也写得感情真挚婉曲,十分动人。

总之,岑参是一个刻苦自砺、仕途坎坷、有进取报国之心的诗人。他的边塞诗意气昂扬,热情奔放,色彩瑰丽,富有浪漫主义特色,不愧为盛唐边塞诗派的一个杰出代表。

作为边塞诗派的代表作家,高适、岑参二人有许多共同的地方,也有其各自的特点。

在生活阅历、政治理想等方面,他们的相似之处主要有以下几点。

其一,两人就出身来说,虽家庭不同,但作为个人都是早岁孤贫。前期在求仕的道路上有着类似的坎坷遭遇,都曾于二十岁赴长安求仕,失意而归。其后选择从军幕府的进身途径。虽屡遭挫折,却不甘沉沦,奋发向上,积极用世的心情始终没有消失。

其二,两人都有立功边塞、慷慨报国的雄心壮志和爱国主义精神,并都从军边塞,有豪壮、艰辛的军旅生活和深刻的体验。

但也存在着一定的差别。就个人的生活基础来说,高适长期困窘,曾躬耕陇亩,"求丐自给",生活异常艰苦。因此,他对下层劳动人民的生活有切身的体验并深寄同情,他曾于燕地从军,往来于东北边陲,继又以县尉身份送兵清夷,看到了士兵生活的痛苦。岑参虽早孤,但仍有读书的机会,还能隐居少室,过较安适的士子生活。这对两人的思想感情是有影响的。

就个人性格气质而论,两人的差异也颇显著。"五十无产业,心轻百万资,屠酤亦与群,不问君是谁"(李颀语)的高适,有落拓不拘、傲岸独来、无所牵挂、慷慨豪迈的特点。岑参身为士大夫之族,相门之子,虽充满爱国热情,但仕途失意时有些消沉,用世和退隐始终是他思想上的矛盾,且多思家怀土之情,而这些是高适所没有的。

在诗歌的思想内容方面,两人的诗作都洋溢着慷慨报国的爱国主义热情,这也是边塞诗的一个突出特点。热爱祖国,维护唐帝国的统一,对于异族的侵犯,表示出极大的愤慨,是其创作的共同主题。所以他们在作品中都对唐军将士奋不顾身、英勇报国的爱国主义精神给以热情的歌颂。如高适的《九曲词》对唐军收复失地感到兴奋鼓舞;在《送浑将军出塞》中塑造了一个忠勇为国、心情乐观的爱国将领形象;《燕歌行》则歌颂了士兵捐躯殉国的爱国精神。岑参在诗中也突出表现唐军将士"小来思报国,不是爱封侯"(《送人赴安西》)的爱国精神,着力称颂唐军猛悍精锐、勇敢无畏的英雄气概(《轮台歌》),在《走马川行》中对唐军将士不畏狂风酷寒、连夜出兵抗敌、保卫边疆的壮举极力颂赞。

在这个爱国主义的统一主题下,两人的诗歌又各有不同的表现重点。高适的边塞诗主要表现了对士卒艰苦生活的同情,对"戍卒厌糟糠,降胡饱衣食"(《蓟门五首》)的不合理待遇表示愤慨;并揭露唐军中"战士军前半死生,美人帐下犹歌舞"(《燕歌行》)苦乐悬殊的黑暗现实,同情征人长期分离的痛苦等等。岑参的边塞诗则多是激昂高亢、热情洋溢的战歌,读之令人激奋。如《轮台歌奉送封大夫出师西征》、《走马川行奉送出师西征》等都是这样。

在艺术方面,高、岑也多有异同。

其一,就其共同点来说,两人的诗歌都具有豪迈悲壮的风格。杜甫《寄彭州高三十五使君适岑二十七长史参三十韵》云:"高岑殊缓步,沈鲍得同行。意惬关飞动,篇终结混茫。"严羽《沧浪诗话·诗评》云:"高岑之诗悲壮,读之使人感慨。"胡应麟《诗薮》内编卷二云:"高岑以悲壮为宗。"即指二人的共同风格而言。

其二,就二人诗歌的不同特点来说,主要有以下几个方面。

首先,在创作风格上,高适诗以现实主义为主,风格雄厚浑朴,悲壮慷慨,骨气琅然。殷璠《河岳英灵集》说他的诗"多胸臆语,兼有气骨,故朝野通赏其文"。刘熙载《艺概·诗概》说:"高适诗,两《唐书》本传并称其以气质自高。今即以七古论之,体或近似唐初,而魄力雄毅,自不可及。"岑参的诗则以浪漫主义为特色,气势雄伟,想象丰富,色彩瑰丽,热情奔放。殷璠《河岳英灵集》谓其:"语奇体峻,意亦造奇。"他的诗具有奇情异彩，出语造句亦奇峭绝人。刘熙载《艺概·诗概》说："高常侍、岑嘉州两家诗，皆可亚匹杜陵，至岑超高适，则趣尚各有近焉。"这个评议，正切合他们的诗风。

其次，在创作手法上，高适诗直抒胸臆，笔势豪健，《河岳英灵集》说他"多胸臆语"，即指其诗直接抒写自己的感情，语从心出。如他不能忍受县尉的羁束和屈辱的小吏生活而心情痛苦，说："乍可狂歌草泽中，宁堪作吏风尘下？……拜迎官长心欲碎，鞭挞黎庶令人悲。"（《封丘县》）安慰朋友的贬谪，说："丈夫穷达未可知，看君不合长数奇。"（《送田少府贬苍梧》）写自己怀才不遇的愤慨，说："未知肝胆向谁是，令人却忆平原君。"（《邯郸少年行》）勃郁之情跃然纸上，"莫愁前路无知己，天下谁人不识君"（《别董大》），直抒胸臆，声情慷慨，高适为人尚节义，于此类诗可见。

岑参诗则擅长描写，善于用夸张、比喻等手法描绘景物，并在写景中寄寓感情，渲染气氛，如写狂风："轮台九月风夜吼，一川碎石大如斗，随风满地石乱走。"（《走马川行奉送出师西征》）写炎热："火云满山凝未开，飞鸟千里不敢来。"（《火山云歌送别》）写大雪："忽如一夜春风来，千树万树梨花开。"（《白雪歌送武判官归京》）等等。在岑诗中，几乎没有不与景物描写相联系的，或以景抒情，或寓情于景。元人陈绎曾云："岑诗尚巧主景。"（《诗谱》）诚然。

复次，就诗歌的形式来说，二人均以七言歌行见长。高适的五古直追汉魏，写得浑成古质；岑诗形式丰富多样，五律、绝句亦饶有佳作，其五古清新奇逸，善于吸取六朝民歌和新体诗的成就。所以胡应麟《诗薮》内编卷二云："高黯淡之内，古意尤存；岑英发之中，唐体大著。"

总之，高、岑二人的创作虽各有其不同的特点，但都取得了杰出的成就。王世贞《艺苑卮言》卷四云："高岑一时不易上下，岑气骨不如达夫遒上，而婉缛过之。"王士禛亦云："高悲壮而厚，岑奇逸而峭。"（《师友诗传叙录》）他们的诗歌代表了边塞诗的高峰，并各以自己的创作丰富了唐代诗坛。

高文（1908—1999），江苏南京人。现代著名学者、教育家。19岁入南京金陵大学中文系，曾师从国学大师黄侃、词学大师吴梅。1934年入金陵大学研究班，师从著名中国文学史家、书法家胡小石，毕业后留校任教。后又曾于西北大学、国立边疆大学任教。1951年，受河南大学中文系力邀而前往执教，直至去世。著有《汉碑集释》、《全唐诗简编》、《全唐诗诗句索引》、《王安石诗选》，与他人合著有《高适岑参选集》、《柳宗元选集》等。

以上"代序"为高文与王刘纯合著的《高适岑参选集》前言之节选，题目为编者所拟。

目录

名家选集卷 岑参集·目录

前言 /001
论岑参的边塞诗(代序)
　　(高文　王刘纯) /001

◎诗

东归晚次潼关怀古 /001
送王大昌龄赴江宁 /002
送崔全被放归都觐省 /004
登古邺城 /005
邯郸客舍歌 /006
宿华阴东郭客舍忆阎防 /007
宿关西客舍寄东山严许二山人时天
　　宝初七月三日在内学见有高道
　　举徵 /009
初授官题高冠草堂 /010
高冠谷口招郑鄠 /011
沣头送蒋侯 /012
因假归白阁西草堂 /013
首春渭西郊行呈蓝田张二主簿
　　/015
喜韩樽相过 /016
寄韩樽 /017
夜过盘豆隔河望永乐寄闺中效齐

目录

梁体 /018
春梦 /019
题平阳郡汾桥边柳树 /020
宿蒲关东店忆杜陵别业 /021
入蒲关先寄秦中故人 /022
胡笳歌送颜真卿使赴河陇 /023
初过陇山途中呈宇文判官 /024
经陇头分水 /027
西过渭州见渭水思秦川 /027
题金城临河驿楼 /028
暮秋山行 /029
逢入京使 /031
经火山 /032
碛中作 /033
过碛 /033
银山碛西馆 /034
宿铁关西馆 /035
安西馆中思长安 /036
早发焉耆怀终南别业 /038
题苜蓿烽寄家人 /039
武威春暮闻宇文判官西使还已到晋昌 /040
河西春暮忆秦中 /041
日没贺延碛作 /042
武威送刘单判官赴安西行营便呈高开府 /044
武威送刘判官赴碛西行军 /048

与高适薛据登慈恩寺浮图 /048
题李士曹厅壁画度雨云歌 /051
终南双峰草堂作 /051
终南东溪口作 /053
送祁乐归河东 /054
与鄠县源少府泛渼陂 /056
梁园歌送河南王说判官 /057
山房春事二首(其二) /059
发临洮将赴北庭留别 /060
凉州馆中与诸判官夜集 /061
碛西头送李判官入京 /063
走马川行奉送出师西征 /064
轮台歌奉送封大夫出师西征 /066
北庭贻宗学士道别 /068
献封大夫破播仙凯歌六首(选四) /071
登北庭北楼呈幕中诸公 /073
火山云歌送别 /074
白雪歌送武判官归京 /075
赵将军歌 /077
热海行送崔侍御还京 /078
送四镇薛侍御东归 /080
优钵罗花歌并序 /081
与独孤渐道别长句呈严八侍御 /083
醉里送裴子赴镇西 /087
田使君美人如莲花舞北旋歌

/087
行军二首 /089
　其一 /090
　其二 /091
行军九日思长安故园 /092
奉和中书贾至舍人早朝大明
　宫 /093
寄左省杜拾遗 /094
初至西虢官舍南池呈左右省
　及南宫诸故人 /095
早秋与诸子登虢州西亭观眺
　/097
虢州后亭送李判官使赴晋绛
　/098
潼关镇国军句履使院早春寄
　王同州 /099
送张秘书充刘相公通汴河判
　官便赴江外觐省 /101

裴将军宅芦管歌 /104
早上五盘岭 /106
入剑门作寄杜杨二郎中时二
　公并为杜元帅判官 /107
送狄员外巡按西山军 /110
郡斋平望江山 /112
登嘉州凌云寺作 /113
峨眉东脚临江听猿怀二室
　旧庐 /115
阻戎泸间群盗 /116
客舍悲秋有怀两省旧游呈幕
　中诸公 /118

◎附录

岑参年谱简编 /120
岑参著作主要版本 /124
岑参研究主要著作 /125
《岑参集》名言警句 /125

◎诗

东归晚次潼关怀古

题解　岑参在开元二十三年(735年)二十岁时曾献书阙下,对策落第。此诗大概写于此时,作者失意东归,晚宿潼关,慨今怀古,睹景生情。潼关:据《元和郡县志》卷二:"潼关,在(华阴)县东北三十九里,古桃林塞也。关西一里有潼水,因以名关。""流血",一作"流尽"。

> 暮春别乡树,晚景低津楼,
> 伯夷在首阳,欲往无轻舟。
> 遂登关城望,下见洪河流,
> 自从巨灵开,流血千万秋。
> 行行潘生赋,赫赫曹公谋,
> 川上多往事,凄凉满空洲。

新解　暮春别乡树,晚景低津楼,伯夷在首阳,欲往无轻舟——别乡树:指岑参在长安的居处。岑参在开元二十三年后"出入二郡,蹉跎十秋"(《感旧赋》)。为求仕奔波来往于长安、洛阳间。津楼:指风陵津楼。风陵津,《元和郡县志》卷二解潼关:"上跻高隅,俯视洪流,盘纡峻极,实谓天险,河之北岸则风陵津。"伯夷:商末士君子。武王伐纣,天下宗周,与叔齐隐于首阳山,义不食周粟,采薇而死(见于《史记·伯夷列传》)。首阳山:即雷首山,在今山西永济县南。首阳山与华山为黄河所隔,见"巨灵"注。此四句写诗人于暮春离开长安,东归途中的所见所感。西去的夕阳徘徊在津楼上久久不下,漫漫归程缥缈在前方,使游子产生一种无所归依感,商末"不食周粟,饿死首阳"的伯夷、叔齐二君子忽然浮现在眼前,多想一睹他们的高风亮节、铮铮铁骨,可在对岸的首阳山无轻舟可济,只能望洋兴叹,空发幽情。

遂登关城望,下见洪河流,自从巨灵开,流血千万秋——关城:指潼关城墙。洪河:指黄河。巨灵:《述征记》:"华山对河东首阳山,黄河流于二山之间,元本一山,巨灵所开。"(《艺文类聚》卷七)巨灵,指河神,此处指黄河。流血:言自古以来此地征战不休,鲜血染红了黄河水。此四句写关城落照中,诗人往登城楼,高处远望,但见奔流不息的黄河水卷夹着沉重的人类历史伤痕,吞噬着无数英魂的悲咽和哀叹,滔滔东流去。

行行潘生赋,赫赫曹公谋。川上多往事,凄凉满空洲——潘生:指西晋文人潘岳,他曾西来长安,作《西征赋》。赫赫曹公谋:曹公,即三国曹操,曹操曾西征韩遂、马超,过关斩将,立下赫赫战功。《西征赋》称其:"魏武赫以霆震,奉义辞以伐叛,彼虽众其焉用,故制胜于庙算。"此四句写诗人睹奔流不息的黄河水发思古之幽情,仰慕千古流传的潘岳之赋,缅怀赫赫战功的曹公。自古多为兵家征战之地的潼关,因为有了这份历史的厚重,诗人落寞无聊赖的心绪也变得更加凄凉怅惘。

此诗为岑参早期作品。诗人献书阙下,对策落第,心绪不佳。东归途中,登高远望,睹奔流万年的黄河水,思古人征战杀伐的累累战绩,叹自己茫然无着的仕途。语言平易浅近,脱口而出,有自然天成的浑圆美,亦可见出岑参早年艺术功底尚不深湛,有偏于浅近平淡之感。诗写一种愁绪,而寄怀于思古之幽情,篇终"川上多往事,凄凉满空洲",从怀古转到诗人,含蓄浑涵,耐人寻味,直有阮籍《咏怀诗》之深婉不迫、蕴藉思深的风格。

送王大昌龄赴江宁

王昌龄,盛唐著名诗人。史载,开元二十八年(740年),王昌龄因"不护细行"被贬谪江宁,岑参为之饯行,并作此诗以寄感慨。全诗对王昌龄怀才不遇、仕途多舛给予同情,并勉励友人再展鸿图,青云直上。王昌龄有《留别岑参兄弟》诗,可参看。"悲送君"一作"愁送君";"攻文"一作"工文";"频望"一作"频梦"。

对酒寂不语,怅然悲送君,
明时未得用,白首徒攻文。
泽国从一官,沧波几千里,
群公满天阙,独去过淮水。
旧家富春渚,尝忆卧江楼,
自闻君欲行,频望南徐州。
穷巷独闭门,寒灯静深屋,

北风吹微雪，抱被肯同宿。
君行到京口，正是桃花时，
舟中饶孤兴，湖上多新诗。
潜虬且深蟠，黄鹄举未晚，
惜君青云器，努力加餐饭。

新解

　　对酒寂不语，怅然悲送君，明时未得用，白首徒攻文——明时：指政治清明，国泰民安的盛世。此四句写为将赴贬所的王昌龄饯行，而悲凉忧郁的气氛笼罩着大家，使他们把盏对斟，欲说还休。君子临治世，当有为于天下，而王昌龄却难君臣遇合，被贬外官。诗人叹息王昌龄徒有生花之诗笔和可干青云的文章，却得不到朝廷重用，以展自己的经世才华。

　　泽国从一官，沧波几千里，群公满天阙，独去过淮水——泽国：水乡，江南水量丰富，故云，此处指江宁。从：任职。天阙：皇宫前的望楼，此处指朝廷。淮水：即淮河，赴江宁须经此河。此四句写王昌龄赴江宁任一微官，而路途遥遥，跋山涉水，又转而叹惋朝廷官员济济，独君被"明主弃"，流落异地，寂寞孤独。

　　旧家富春渚，尝忆卧江楼，自闻君欲行，频望南徐州——富春渚：富春江，为钱塘江上游，在今浙江富阳县南。渚：水中小洲。岑参父植曾任衢州司仓参军，衢州在富春江上游衢江，参随父曾居此。卧江楼：无考。当指富春江畔一小楼，岑参曾居于此。南徐州：东晋南迁，侨置徐州于京口（今江苏镇江），故云。参父植曾任江南东道润州句容县令，治所属南徐州辖地。此四句写由王昌龄将赴的江宁贬所，引起作者对往日居住地的追念，诗人对好友的殷切关怀与牵挂，也随好友征帆一路追随到江南水乡那个有过少年时的欢乐与眼泪的地方。

　　穷巷独闭门，寒灯静深屋，北风吹微雪，抱被肯同宿——此四句写穷巷独居的诗人，荧荧一盏孤灯相伴，北风卷着雪花在屋外肆意飞舞，如此寒凉之景，作者想起将远行的好友王昌龄，漫漫征程孑然独往，好友的凄凉光景当比自己尤甚。情动之下，临别之余，诗人邀好友再抱被同宿，一叙寒暖。

　　君行到京口，正是桃花时，舟中饶孤兴，湖上多新诗——京口：今江苏镇江。桃花时：桃花开在阴历二月，送别时是冬天，等王昌龄走到京口时，已在二月桃花盛开的季节了。饶：多。孤兴：陆机《文赋》："对穷迹而孤兴。"指感时触景，而独自幽赏。此四句为诗人想象王昌龄南行至京口时，当是桃花烂漫的季节。虽然孤舟子行，无人做伴，见此桃花纷纭、春意盎然之景也必当诗兴大发，佳篇连成，精神焕发起来。

潜虬且深蟠，黄鹄举未晚，惜君青云器，努力加餐饭——虬：传说中有角的龙。《周易·乾卦》："潜龙勿用。"谢灵运《登池上楼》"潜虬媚幽姿"李善注："虬以深潜而保真。"蟠：深屈而伏。此处以潜虬比拟王昌龄才华横溢而不得重用。黄鹄：天鹅。《汉书·昭帝纪》："黄鹄下建章宫太液池中。"颜师古注："黄鹄，大鸟也，一举千里者。"举：高飞。黄鹄非燕雀，虽暂且屈伏，终有一日必高举之上。此处也以黄鹄拟王昌龄。青云器：《史记·范雎传》："贾不意君能自致于青云之上。"器：才具。青云器，指廊庙才。努力加餐饭：借用《古诗十九首·行行重行行》句，此处告慰好友远行多自珍重。此四句写诗人赞赏王昌龄的高才大器，虽不得明君赏识，一时重用，亦当如葆真之潜龙，待举之黄鹄，终有一日青云直上，鸿图再展。

此诗为送别类五言古诗。诗人感叹好友远谪他乡，孑然独往，同情好友抱名器而踬踬一时，不得重用，劝慰好友不必计较一时得失，当珍重自我，葆光守真，以待人生之转机。全篇弥漫着诗人对好友的真切挂念和殷殷祝福。旧居的追忆、陋屋的同宿、远途的想象、春光中的诗兴，诗人设身处地地与好友同悲欢，真挚的友谊不言而喻。语言朴素自然却感情丰沛，思绪万千。中间两段对故居的追怀、穷巷寒屋的描写有意在言外、新巧寓于平淡之效。

送崔全被放归都觐省

此诗为岑参早期作品，作于开元末年诗人在长安时。崔全：其人无考。归都：为回归东都洛阳。觐省：省亲。诗人对崔全洁身自好、不求闻达的品格给予赞赏，对其怀才不遇，被放还乡给予同情和叹息。"片玉"一作"宋玉"。

夫子不自衒，世人知者稀，
来倾阮氏酒，去著老莱衣。
渭北草新出，关东花欲飞，
楚王犹自惑，片玉且将归。

夫子不自衒，世人知者稀，来倾阮氏酒，去著老莱衣——夫子：指崔全。自衒：自我夸耀以求仕进。阮氏酒：西晋阮籍避祸全身，远离司马氏政权，以嗜酒为由，求为步兵校尉，终日酩酊，遗落世情。此处指崔全不以干君、谄媚官宦为务，故而被放。老莱衣:指春秋时的隐者老莱子。老莱子行年五十,父母犹存,着五彩斑斓衣以娱双亲。后常以"老莱衣"表示孝养父母至老不衰,见《初学记》卷十七《孝悌篇》。此处暗合诗题"觐省"意。此四句写崔全因其洁身自好,不务谄媚,不矜夸以干人君,故而知音者少,名声不外达。虽微官暂寄,然遗落世情,终被再放归省。诗人表达对崔全人格的赞赏,也对其不被重用表示同情和惋惜。

渭北草新出,关东花欲飞,楚王犹自惑,片玉且将归——渭北:指渭水流域,在陕西一带,渭水流经长安。关东:函谷关以东地区。此处指崔全回归的洛阳。楚王句:用《韩非子》卷四《和氏》典。将:持。此处用楚王自惑喻崔全不得君臣遇合。片玉将归:喻崔全为怀瑾握瑜之才而不得重用,被放回乡。此四句写长安春草新发季,东都洛阳也值繁花烂漫时。诗人想象崔全将去的洛阳,以春之盎然生意抚慰友人远行被放的孤寂苦闷。结句用典故暗喻友人的磊落胸襟、良玉之器不得重用,如璞玉之真价难以被人赏识。

首二句作者以慧眼独识英才为好友叹息。出笔即开门见山,诗人义愤填膺、仗义伸屈之情溢于言表。五、六句以写景点示季节,用语平淡中有新奇,自然中有新巧,已现岑参后期追求"语奇体峻,意亦造奇"(殷璠《河岳英灵集》)的诗歌艺术风格之端倪。诗中典故的运用显得深沉含蓄,耐人咀嚼。

登古邺城

此诗为岑参开元二十七年(739)春天自长安往游河朔途径邺城时所作。邺城:春秋齐邑,战国魏都,三国时魏置邺都,与长安、洛阳等合称五都,北周大象二年(580)遭战火焚毁,民众南徙,隋开皇十年(590)复为邺县。故址在今河北省临漳县。诗题一作"登邺城坏古"。此诗为咏古诗,诗人登临邺城,唯见荒草野火,昔日英雄已淹没于历史的滚滚尘埃中。诗人吊古兴怀,情之所至,感而成咏。

下马登邺城,城空复何见,
东风吹野火,暮入飞云殿。
城隅南对望陵台,漳水东流不复回,
武帝宫中人去尽,年年春色为谁来?

下马登邺城,城空复何见,东风吹野火,暮入飞云殿——野火:磷火,也称鬼火。飞云殿:无考,当为邺城宫殿一陈迹。此四句写诗人登上邺城,但见颓垣残壁,物废人去,野草丛生,鬼火幽幽,一片凄凉荒落的景象。

城隅南对望陵台,漳水东流不复回,武帝宫中人去尽,年年春色为谁来——望陵台:即铜雀台,曹操筑。《邺城故事》:"魏武帝遗命诸子曰:'吾死后葬于邺之西岗上,与西门豹祠相近。吾妾与使人皆著铜雀台……汝等时登台,望吾西陵墓田。'"漳水:即漳河,流经邺城。山西省东部有清漳、浊漳二河,东南流至河北、河南两省边境,合为漳河,今皆湮没。武帝:曹操死后被追尊为魏武帝。此四句写诗人登高远望旧时魏都所遗铜雀台,此台尚存,古人长逝,如这奔流向东一去不返的漳水。而这年年岁岁不变的春色若无情似有情也来怀古悼今,爬满了断壁残垣、荒野高台。

前四句荒城之破败萧森,渲染了一种凄凉惨淡的气氛,后四句触景生情,由东流奔逝的漳河、年年不变的春色而生发山河依旧、古人长已矣的悲慨。全诗语言素淡自然,朴茂浑涵,颇有汉魏古诗的悲凉慷慨的风格。诗句五、七言并用,不拘一格,依物事的描写、感情的起伏而选择变化,使诗歌既有潇洒明快的格调,并具饱满深厚的力度,为岑参早期诗歌代表作之一。胡应麟《诗薮》内编卷三有评:"李、杜外,短歌可法者,岑参《蜀葵花》、《登邺城》。"

邯郸客舍歌

此诗是开元末岑参往游河朔时期所作。诗人途径邯郸,路宿客舍,触景感怀,醉酒狂歌。邯郸,古郡县名,即今河北省邯郸市。

客从长安来,驱马邯郸道,
伤心丛台下,一旦生蔓草。
客舍门临漳水边,垂杨下系钓鱼船,
邯郸女儿夜沽酒,对客挑灯夸数钱,
酩酊醉时日正午,一曲狂歌垆上眠。

客从长安来,驱马邯郸道,伤心丛台下,一旦生蔓草——客:指岑参。丛台:《水经注》卷十:"其水(漳水)又东经丛台南,六国时赵王之台也。《郡国志》曰:邯郸有丛台。"《汉书·高后纪》颜师古注:"连聚非一,故名丛台。"一旦:一日。蔓草:蔓生的杂草。《诗经·郑风·野有蔓草》:"野有蔓草,零露漙(tuán)兮。"此四句写诗人从长安一路东来,驱马于邯郸道,但见战国时赵王遗迹古丛台被苍苔蔓草丛丛包裹,诗人不禁忧从中来,而生发物在人非、世事变幻无常的感叹。

客舍门临漳水边,垂杨下系钓鱼船,邯郸女儿夜沽酒,对客挑灯夸数钱,酩酊醉时日正午,一曲狂歌垆上眠——漳水:见《登古邺城》注,漳水亦流经邯郸。沽酒:卖酒。垂杨:杨柳枝叶下垂,故称垂柳,亦称垂杨。谢朓《鼓吹曲》:"飞甍夹驰道,垂杨荫御沟。"夸数钱:《后汉书·五行志》:"河间(河北)姹女工数钱。"此用其意。酩酊:大醉貌。《水经注》第二十八卷"沔水":"山季伦(西晋名士山简,山涛之子)之镇襄阳,每临此池,未尝不大醉而还……故时人为之歌曰:'山公出何去,往至高阳池。日暮倒载归,酩酊无所知。'"一作"茗艼"。垆上眠:垆上,《汉书·司马相如传》颜师古注:"卖酒之处,累土为卢,以居酒瓮,四边隆起,其一面高,形如锻卢,故名卢耳。"卢,通"垆"。《晋书·阮籍传》:"邻家少妇有美色,当垆沽酒,籍便卧其侧,籍既不自嫌,其夫察之亦不疑也。"此六句写岑参住宿客舍临漳河而建,河岸垂柳依依,钓鱼船靠岸停泊,客舍内邯郸少女风情婉转,当垆沽酒,对客数钱,诗人把盏豪饮,对酒当歌,即兴挥笔,醉卧垆侧,不知今夕何年。

诗写一种浪漫豪情。有浪漫温柔的细笔,如邯郸少女当垆沽酒,挑灯夸钱一节,诗人将此置于一种脱离世态风尘、清新明净的小河边,有婉媚依依的垂柳,悠悠闲荡、漫无用心的渔船,诗人天真烂漫、率性豪放的情怀亦展露无遗,醉卧美女侧而无私心,狂歌一曲,酩酊大睡,此又为粗笔闲带。典故的使用与诗意相融无间,言简意长。前四句的思古幽情的感发,也为后面的纵情狂饮、诗兴挥发埋下伏笔。诗句平易浅近,脱口而出,与诗人豪迈不羁的诗情相映,有一气呵成的效果。

宿华阴东郭客舍忆阎防

华阴:县名,唐代归属华州,因在太华山之北故名,旧址在今陕西华阴县东南。郭:外城,此处指华阴东部。阎防:盛唐著名诗人。此诗写诗人傍晚栖息华阴客舍触景伤情,缅怀好友。

>次舍山郭近,解鞍鸣钟时,
>主人炊新粒,行子充夜饥。
>关月生首阳,照见华阴祠,
>苍茫秋山晦,萧瑟寒松悲。
>久从园庐别,遂与朋知辞,
>旧壑兰杜晚,归轩今已迟。

次舍山郭近,解鞍鸣钟时,主人炊新粒,行子充夜饥——次:住宿。舍:客舍。山郭:山城,指华阴县。行子:游子,行人,此为诗人自指。此四句写诗人于黄昏寺庙晚祷的钟声响起时赶至华阴客舍,客舍主人殷勤好客,准备丰盛的晚餐为诗人炊煮充饥。

关月生首阳,照见华阴祠,苍茫秋山晦,萧瑟寒松悲——关月:指潼关的月亮。首阳:即首阳山,见《东归晚次潼关怀古》注。华阴祠:按《新唐书·地理志》:"华州华阴县有岳祠。"盖指此。此四句写秋月皎洁凝重昂立在首阳山头,华阴祠在月光映衬中凸现着玲珑的造型,远处蜿蜒起伏的华山苍茫迷蒙,神秘幽晦。萧瑟的寒风吹着秋山,松涛阵阵,悲咽有声。

久从园庐别,遂与朋知辞,旧壑兰杜晚,归轩今已迟——园庐:田园庐舍。朋知:指交情深厚的朋友。壑:山谷。兰杜:指兰草、杜若,皆为香草。归轩:归车。此四句写诗人住宿客栈,于此淡月秋风、山凉松咽的秋夜不禁生起一股浓浓乡愁。诗人与故乡亲人、好友知己相别已久,思念弥长。家乡山谷中兰草、杜若也定已开出素洁净美的花朵,淡淡地发着幽香了,可他这迟到的游子还羁留异地,不能与志趣相投的君子作一及时的步月幽赏。

诗人住次山舍,感明月清景,悲秋风萧瑟,深沉的孤寂感油然而生,思乡之念、怀友之情不可遏止,而写下这首深情款款、情文并茂的佳作。首四句叙事,中四句写景,后四句触景生情。结构亭匀,行文自然,景物描写不计细处,而注重表现诗人的感受,寓情于景,情景交融,如秋山之"晦"、寒松之"悲",即很好地表达了游子异乡客居孤独寂寞、惆怅难遣的心境。语言不尚雕饰,自然淡朴,浑朴中可见一缕细腻温情,韵味悠长。

宿关西客舍寄东山严许二山人
时天宝初七月三日在内学见有高道举徵

关西：潼关之西。东山：东晋谢安曾隐居于会稽东山。此处借指为隐居地。山人：隐士的通称。内学：此处指道教学说。《晋书·葛洪传》："尤好神仙导养之法，从祖玄……以其炼丹秘术授弟子郑隐，洪就隐学，悉得其法焉。后师事南海太守上党鲍玄，玄亦内学，逆占将来。"唐玄宗崇奉道教，于开元二十九年（741）拜老子为玄元皇帝，并立庙崇玄学，"各置博士、助教一员，学生一百人"（见《唐会要》卷五十）。"令学生习《道德经》、《庄子》、《文子》、《列子》，待习业成后，每年随贡举人例送至省，准明经例考试"，称为道举（见《唐会要》卷六十四）。诗题宋刻本、明抄本均作《七月三日在内学见有高近道举徵宿关西客舍寄东山严许二山人》，此从《全唐诗》。《文苑英华》无"内"字。此诗写作于天宝元年（742）秋。诗人寓于关西客舍，寒窗孤灯，秋雨悲风，惹起诗人浓浓的忆友思乡之情，诗就抒发了这种愁绪。

  云送关西雨，风传渭北秋。
  孤灯然客梦，寒杵捣乡愁。
  滩上思严子，山中忆许由。
  苍生今有望，飞诏下林丘。

  云送关西雨，风传渭北秋，孤灯然客梦，寒杵捣乡愁——渭北：见《送崔全被放归都觐省》注。然：同"燃"。杵：捣衣用的棒槌。客：指诗人自己。此四句写诗人寓居客舍，忽然云行风送飘来关西的淋淋秋雨，劲厉的北风传来渭北秋之信息。凄风苦雨中，诗人独卧冷榻，孤灯愁对，这一点荧荧烛光似弥漫在诗人全部视线中，幻化出亲友熟悉的面孔，温暖舔抚着诗人内心。远处河边勤劳的农家女不知疲倦地洗衣捣杵，"砰砰"的杵声在静夜里显得那么温馨宁谧，搅起诗人的思乡愁。

  滩上思严子，山中忆许由，苍生今有望，飞诏下林丘——严子：指东汉初严光，字子陵。少曾与汉光武帝刘秀同游学，有高名。后秀称帝，严光隐遁，帝派人寻得，授谏议大夫，不受，退隐于浙江富春山。后人称其隐居渔钓之地为严陵滩，事见《汉书·严光传》。许由：相传尧让以天下，许由不受，遁逃于箕山之下。尧请他做九州牧,他以此语为玷污,洗耳于颍水,事见《史记·伯夷列传》。飞诏:急迫的征诏令。林丘:指隐士居处。此四句诗人以历史上志行高洁、抱道守真的著名隐士严光、许由喻比严、许二山人,朝廷急诏二隐士应试出山,诗人亦希望他们能有为天下,经世治国。

前四句以景传情,凉雨寒秋,孤灯冷壁,寒杵声声,即渲染出一派凄凉冷清的环境气氛,也与诗人客寓他乡、孤寂冷落的思乡之惆怅相融互会。"然"字、"捣"字用得巧妙新奇,言简意远,味淡思长,有"诗眼"之效,见出岑参炼字炼意的艺术风尚的自觉追求。后四句借用著名隐士严光、许由喻比友人严、许,被纪昀评作"开后来切姓关合之派"(《瀛奎律髓》卷二十九批语),亦构思巧妙,含意深厚。

初授官题高冠草堂

初授官:杜确《岑嘉州诗集序》:"天宝三载(744)进士高第,解褐右内率府兵曹参军。"解褐:即从布衣入仕授官,初授官当指此时。高冠草堂:岑参在终南山的隐居处。终南山在今西安市南。高冠,即高冠谷。《长安县志》卷十三:"终南山自鄠县东南圭峰入(长安)县西南界,东为高冠谷,高冠谷水出焉。谷口有铁锁桥,为长安、鄠县分界。"岑参自天宝元年至长安,曾隐居于高冠谷。天宝三载初授官后曾还居此地。草堂:旧时文人避世隐居,多名其居所为草堂,常建于山野幽静处。此诗写于天宝三载诗人登进士第解褐授官时。时诗人已三十岁。全诗没有三十登第、解褐入仕的春风得意,诗人却留恋渔钓自乐、醉眠山间的隐逸生活,诗即写这种矛盾。

三十始一命,宦情都欲阑,
自怜无旧业,不敢耻微官。
涧水吞樵路,山花醉药栏,
祗缘五斗米,辜负一渔竿。

三十始一命,宦情都欲阑,自怜无旧业,不敢耻微官——一命:命,授官。一命,指官阶卑微。《周礼·春官·典命》:"眡小国之君,其卿三命,其大夫再命,其士壹命。"《地官·党正》:"一命齿于乡里。"阑:残尽,此处指做官念头淡薄。旧业:

指家产。此四句写诗人年已三十方得授一微官,宦情都已淡薄。然因家无遗产,生计无求,即使这一微官也不敢推辞不仕。

涧水吞樵路,山花醉药栏,祇缘五斗米,辜负一渔竿——涧水:山涧流水,此处指高冠谷水。《长安志》卷十五:"高观(冠)谷水在(鄠)县东南三十里,阔三步,深一尺,其底并碎砂石。"樵路:指山中小路,樵夫打柴所经之路。药栏:栏杆。"药"同"籥",《资暇录》:"园亭药栏,栏即药,药即栏,犹言围援也。"祇:只。缘:因为。五斗米:指俸禄微薄。东晋陶渊明为彭泽令,不愿束带卑身见督邮,曰:"我岂能为五斗米折腰向乡里小儿!"即日解绶去职。见《宋书·陶潜传》。渔竿:隐者常渔钓自乐,此指隐居生活。此四句描写了高冠谷秀丽清幽的自然环境,满涨的高冠谷水淹没了山里那条蜿蜒曲折、时隐时现的小路,野花旁若无人地怒放在山涧,点缀得草堂栏杆一片花团锦簇。但家无储资,衣食难继,诗人不得不割舍闲适自得的隐逸生活,接受微官薄俸。

此诗如夫子自道,娓娓诉来,平易浅近,意味悠长。诗人对自己心仪山林,又窘于生计的出处矛盾不予掩饰。明代谭元春评道:"此是家常实话。"(《唐诗归》卷十三)俞陛云云:"沈沈僚底,慰情胜无,失意文人,齐声一叹。"(《诗境浅说》乙编)即道出岑参作为封建士大夫仕途际遇上的内心的悲凉感慨。

此诗艺术上亦颇有佳处,五、六句中一"吞"字、一"醉"字形象生动,妙肖有趣,将涧水之涨溢、山花缀栏杆之景,淋漓尽致地描画出。谭元春评其"尖巧"(《唐诗归》卷十三)失于苛刻,却也反映出岑参炼字用语的独到巧思。

高冠谷口招郑鄠

高冠谷口,见前注高冠谷。郑鄠:不详,为岑参居于高冠谷时的友人。此诗为岑参居于高冠,访友人郑鄠时所作,诗中描写了友人居处的清幽宁谧、优美宜人的无限春光,表达出诗人对田园隐逸生活的悠悠向往。冠,一作"宫"。"碧",一作"绿"。

谷口来相访,空斋不见君,
涧花然暮雨,潭树暖春云。
门径稀人迹,檐峰下鹿群,
衣裳与枕席,山霭碧氤氲。

谷口来相访,空斋不见君,涧花然暮雨,潭树暖春云——谷口:《汉书·王吉传》:"谷口郑子真,不诎其志,耕于岩石之下。"此处借隐士郑子真喻比友人郑鄂。来:何焯评:"来字虚言,应来见访也。"(《唐三体诗》卷五)涧花:高冠谷中野花。然:同"燃"。潭树:高冠潭边生长的树木。《长安县志》卷十三:"(丰水)又北高冠谷水自西南来注之,水出南山。高冠谷内有石潭,名高冠潭。"此四句写诗人从高冠谷口来访友人,友人居处空荡荡不见人影。友人不见,但居所优美的自然环境却深深吸引了诗人:高冠谷口的野花经暮雨的洗刷,愈加鲜亮可爱,红艳欲滴,远处看似燃烧一片的火红春云。高冠潭边树木扶疏,苍翠葱茏,云雾缭绕,暖气蒸腾。

门径稀人迹,檐峰下鹿群,衣裳与枕席,山霭碧氤氲——檐峰:如屋檐翘起的山峰。山霭:山中云气。氤氲:云雾弥漫。此四句描写友人居处的清幽绝尘。门径空落幽静,寂无人迹,成群的野鹿从峭立山峰上下来,自由自在游荡于山涧居所。居处山雾缭绕,云气漫腾,使衣裳与枕席之上似亦丝丝生烟,恍惚天宫仙所。

此诗颇见出岑参写景绘物的不俗功力。诗人艺术嗅觉的灵敏及善于捕捉平凡景物中独特的意蕴,于此诗中得到很好的展现,同时也表现出诗人好新奇巧妙的想象的审美意趣。如三、四句"然"、"暖"二字,即构思巧妙,新人耳目,沈德潜评其"工于烹炼"(见《唐诗别裁》卷十),甚是。全诗优美清幽的环境刻画,渗透着诗人对田园野趣、隐逸生活的追慕和神往,而这种情感又不露声色地隐含在诗人对自然风光细致独特的描写中,这又是岑参诗歌的特色之一。

沣头送蒋侯

沣(fēng)头:沣水头。沣水,一作丰水。《括地志》卷上:"雍州鄠县终南山,沣水出焉。"源出终南山,和高冠谷、太平谷二水,流经长安,西北注入渭河,即今西安市西南沣河。蒋侯:不详其人。此诗当作于岑参居于高冠谷时。诗人追忆与友人比邻而居、饮酒戏博的欢洽生活,对友人即将远行,表达了深深的留恋和失落。沣(澧),有本作澧,为形近误传。"山月低",一作"山月底"。

君住沣水北,我家沣水西,

两村辨乔木,五里闻鸣鸡。
饮酒溪雨过,弹棋山月低,
徒开蒋生径,尔去谁相携?

君住沣水北,我家沣水西,两村辨乔木,五里闻鸣鸡——乔木:高大挺直的树木。鸣鸡:陶渊明《桃花源记》:"阡陌交通,鸡犬相闻。"此四句写诗人与蒋侯隔河而居,邻村相望,两村乔木彼此可辨,鸡鸣犬吠之声依稀可闻。咫尺之距,也建立起两人如胶似漆的深厚友谊。

饮酒溪雨过,弹棋山月低,徒开蒋生径,尔去谁相携——弹棋:起于汉代的一种博戏。《后汉书·梁冀传》:"性嗜酒,能挽满、弹棋、格五、六博、蹴鞠之戏。"李贤注引《艺经》:"弹棋,两人对局,白黑棋各六枚,先列棋子相当,更先弹也。其局以石为之。"魏时改为十六棋,唐代增为二十四棋。蒋生径:西汉末蒋诩,字元卿,于哀帝末任为兖州刺史。王莽篡汉,逃名不肯出仕,谢绝门客,于房前竹丛间开三径与好友求仲、羊仲来往。班固称其"好遯(同'遁')不污",见《汉书·鲍宣传》、《高士传》及《三辅决录》。尔:你,指蒋侯。此四句写与好友昔日常相携同游,把盏共饮,不知觉间已溪雨初霁,或弹棋相戏,其乐融融,直至月落山后,天光破晓。今好友即将离去,门前开辟的小径徒自留待君来,又能与谁人有如君之友情?

诗写与友人比邻而居,志趣相投的深厚友谊,语短情长,语浅情深。前四句近乎口语童谣,不饰妆束,自然天成,真情厚意却有裹不住者。诗人只将两家临河而居,彼此乔木可辨,鸡犬可闻的事实交代出,二人相亲过从之密可见矣。这种写法,亲切自然,耐人寻味。后四句直写隐逸生活中与蒋侯相伴的欢洽时光,并引西汉隐士蒋诩之故实喻与蒋侯情趣相投,青眼独向,而好友的离去将使诗人影只形单,孤独寥落。明代钟惺评此:"送别用一首幽居闲适诗,妙妙。觉世上别离,世情之甚。"(《唐诗归》卷十三)

因假归白阁西草堂

白阁:白阁峰,在陕西鄠县东南,因山头终年积雪不化,故有此名。草堂:指高冠草堂。见《初授官题高冠草堂》。此诗为诗人因假暂还高冠草堂时所作。诗描写了归途中的山川美景,表达了诗人暂得归还草堂的欣然之情和对山林野逸生活的心仪。

　　　　　雷声傍太白，雨在八九峰，
　　　　　东望白阁云，半入紫阁松。
　　　　　胜概纷满目，衡门趣弥浓，
　　　　　幸有数亩田，得延二仲踪。
　　　　　早闻达士语，偶与心相通，
　　　　　误徇一微官，还山愧尘容。
　　　　　钓竿不复把，野碓无人舂，
　　　　　惆怅飞鸟尽，南溪闻夜钟。

　　雷声傍太白，雨在八九峰，东望白阁云，半入紫阁松——太白：山名，即终南山，也叫太一山、太壹山。紫阁：山峰名。在鄠县东南，白阁峰之西，因日光映射璀璨生紫而名。此四句写诗人归途遇雨时的所见所闻。隆隆雷声震撼着终南山，山亦以隆隆回声与之相应，雨飘洒在终南山八、九个山峰间，织成雨点的天罗地网，向东望去终日积雪的皑皑白阁峰云雾蒸腾，被风吹荡着飘送过远处紫阁山峰，峰上松树被白云缭绕，形容如画。

　　胜概纷满目，衡门趣弥浓，幸有数亩田，得延二仲踪——胜概：指美不胜收的盛景。衡门：古代贫居横木为门，故多借指简陋的房屋。此处指诗人的隐居地。二仲：指求仲、羊仲，见前《沣头送蒋侯》注。踪：同"踪"。此四句写诗人由刚才惊叹山川的壮美，转思自己蓬门荜户的幽兴逸趣。数亩方田聊以自持，门前竹径得延清雅君子，何陋之有？

　　早闻达士语，偶与心相通，误徇一微官，还山愧尘容——达士：旷达超脱的君子。徇：曲从。一微官：指诗人任职官卑俸薄。尘容：指形容尘俗，不清旷高洁，言自己羁绊于世俗宦途已久，熏染了尘俗气。此四句写早已听闻旷达明睿之士高尚其志、抱道守真的话语，颇与诗人心有戚戚。今不该曲从迁就自己为卑官所牵掣，应逐山林鸟兽，步明月清风，使不愧自己当时之志。

　　钓竿不复把，野碓无人舂，惆怅飞鸟尽，南溪闻夜钟——钓竿：渔竿。见前《初授官题高冠草堂》注。野碓（duì）：长久未用舂米谷的设备。舂：用杵臼捣谷类等。此四句写诗人为仕途羁绊，已长久未能享受隐居渔钓自得的快乐，荒弃未用的舂米碓亦被冷落一旁。诗人颇感惆怅迷惘，眼前飞鸟自由自在地飞向远处天边，直至消失在视野外，溪旁寺院里夜祷的钟磬声悠悠扬扬地响起，把诗人带到了一个远离世事纷纭、清凉幽谧的世界里。

【新评】

此诗写诗人因假暂得还山野草堂的欣喜快慰,表达出诗人对隐逸闲适生活的悠悠向往,情趣颇同陶渊明《归去来辞》。

起句颇显突兀,黄培芬称其"极有气魄"(《唐贤三昧集》卷下评)。前面雷声、雨雾交织的一片迷茫空蒙的世界,终南山起伏蜿蜒、苍郁雄壮的背景,高耸峭立的山峰,缭绕弥漫的白云,静穆沉默的松树,组织成一幅开阔雄伟的水墨画。岑参善于捕捉山川奇丽壮美的景色,于此可见一斑。后面写山川美景引起诗人对田园山林生活的追慕,诗人惭颜仍忝居于微官,不能放下世俗羁绊归返山林。一缕惆怅和无奈随着远飞的林鸟、悠扬的钟声弥散开来,诗句戛然而止,言尽于此而意蕴犹缭绕盘旋。

首春渭西郊行呈蓝田张二主簿

【题解】

首春:即孟春,春季第一个月。渭西:渭城西郊。渭城,秦称咸阳,在今陕西长安县西。蓝田:地名,故址在今陕西蓝田县西。张二:其人不详。主簿:《通典》第三十二卷《职官》十四:"县主簿主诸簿具。"负责文书簿籍,掌管印鉴,为掾吏之首。全诗写由踏春感物华盛景,而怅憾于仕途羁累及不能重返田园的惆怅。

　　回风度雨渭城西,细草新花踏作泥,
　　秦女峰头雪未尽,胡公陂上日初低。
　　愁窥白发羞微禄,悔别青山忆旧溪,
　　闻道辋川多胜事,玉壶春酒正堪提。

【新评】

回风度雨渭城西,细草新花踏作泥,秦女峰头雪未尽,胡公陂上日初低——回风:旋风,一作"迴风"。《文选·古诗十九首》之十二:"迴风动地起,秋草萋已绿。"细草:嫩草。秦女峰:《三昧集笺注》卷下:"在西安府,或云即华山玉女峰。"《古今图书集成·职方典》言:"渭南县有秦女峰。"详址难考定。胡公陂:《三昧集笺注》卷下:"《长安志》:浐陂出终南诸谷,合胡公泉为陂。"胡公泉在陕西鄠县西。陂:池塘。此四句写渭城西郊早春景色,晓风送来一夜春雨,冲刷得渭城西郊清新可人,嫩芽初探的小草野花被游人践踏成泥,秦女峰头皑皑白雪依然存留着残冬的信息,朝阳含羞似的笑脸低低俯在胡公陂塘上。

愁窥白发羞微禄,悔别青山忆旧溪,闻道辋川多胜事,玉壶春酒正堪提——辋川:水名,又名辋谷水,在陕西蓝田县南。初唐诗人宋之问曾于此建别业,后王维也居此。此四句写诗人由游赏春景而产生厌倦宦途、归隐田园的心理。诗人自感白发皤皤,垂垂老矣,为生计所迫仍不得不寄身于微官卑职。妩媚青山、欢闹小溪时时召唤诗人,听说辋川谷烟霞风景,秀美宜人,实在应暂息尘劳,提携酒壶悠哉乐哉往游一次。

唐汝询解此诗:"此感春而倦游宦也。前二联叙郊行之景,后二联写倦游之情。"(《唐诗解》卷四十三)前四句状物写景,诗人抓住早春乍暖还寒的物华风光,粗笔勾勒了回风春雨、细草新花、远处皑皑峰头及低低浅吟的初上日头。黄培芳评:"此种具见手腕柔和,须于气息求之。"(《唐贤三昧集笺注》卷下)后四句诗人抒发感慨,悔意微官,乐道醉酒山林。其"白发",不必坐实。诗人三十得微官,常有老大蹉跎、垂垂老矣的感叹。而用在此处愈见诗人为宦途羁束不得重返田园的无奈和惆怅。

喜韩樽相过

韩樽:不详其人。岑参另有《偃师东与韩樽同诣景云晖上人即事》、《寄韩樽》诗,可参看。过:拜访。此诗写友人韩樽来访,诗人喜而留客,把盏共饮。

三月灞陵春已老,故人相逢耐醉倒。
瓮头春酒黄花脂,禄米只充沽酒资。
长安城中足年少,独共韩侯开口笑。
桃花点地红斑斑,有酒留君且莫还。
与君兄弟日携手,世上虚名好是闲。

三月灞陵春已老,故人相逢耐醉倒。瓮头春酒黄花脂,禄米只充沽酒资——灞陵:汉文帝陵,本作霸陵。在今西安市东南郊,古代长安人常于此地送别。王粲《七哀诗》:"南登霸陵岸,回首望长安。"耐:通"能"。黄花脂:酒质色如黄油脂。此四句写三月灞陵春意阑珊,故友来访,相逢一笑,必开怀痛饮,一醉方休。瓮中美酒色如油脂,酒香扑鼻,诗人不惜以微薄俸禄换取瓮中美酒。

长安城中足年少,独共韩侯开口笑。桃花点地红斑斑,有酒留君且莫还。与君兄弟日携手,世上虚名好是闲——足年少:少年很多。开口笑:《庄子·盗跖》:"其中开口而笑者,一月之中,不过四五日。"点地:落地。好是:确实是。闲:寻常,无足轻重意。此六句写长安城中风流年少纷纭眼目,而诗人独能与韩友青眼相加,笑颜以对,实在二人知交已深,情趣相投。暮春时节,飞红万点,落英缤纷,桃花花瓣落地成团,红彤彤一片,诗人见此,伤春叹逝之情油然而生。诗人有酒留君,乐与知交把盏狂歌,携手同游,哪管他世上虚名浮利。

此诗见出岑参诗豪宕奔放、气势外露的风格特点。好友来访,欣喜若狂,以酒相待,促膝交谈。春景阑珊,桃红乱落,与君携手,悠哉游哉。诗写一种率真豪放、狂傲不羁的情怀。语言的洒脱明快、不拘一格与灵活自如的歌行体的体裁选择相映成辉,使全诗流荡着傲岸劲拔、昂扬活泼的生气。语言稍显粗糙浅白,凝炼不够。

寄韩樽

此诗当作于《喜韩樽相过》之后。题下原有注:"韩时使北庭,以诗代书。"知韩樽时已赴北庭都护府(为唐在新疆吉木萨尔所设节度,治所在庭州,今新疆吉木萨尔北),诗人寄信以示关怀和思念。

夫子素多疾,别来未得书。
北庭苦寒地,体内今何如?

夫子素多疾,别来未得书。北庭苦寒地,体内今何如——夫子:对人的尊称,此处指韩樽。素:平素,平常。四句写诗人知道韩樽体弱多病,此去寒荒僻野的北庭有日,而音信杳然,不知友人能否忍受塞外苦寒寂寥,身体能否安泰无恙?

全诗寥寥二十个字,浅近平易,明白如话,却将诗人对友人真切的挂念、悠悠的思念含蓄蕴藉地表达出来。前二句交代寄韩樽的原由。第一句一"素"字,点出诗人与好友知交已久,言简意深。第二句,似在埋怨友人的粗心,而诗人对友人温情脉脉的挂念亦跃然纸上。后二句,以问句结语,诗人似乎在与友人相对寒暄,读来亲切自然,语浅情深。诗以书信体,"以诗代书柬"(刘永济《唐人绝句精华》),故撇落掉其他枝节,只写深情款款的寒暄问语,独特精巧,耐人寻味。

夜过盘豆隔河望永乐寄闺中效齐梁体

题解

盘豆:或曰盘石。《读史方舆纪要》卷四十八河南府阌乡县:"盘豆城,在县西南二十里。"即今河南灵宝县西盘豆镇,位于黄河南岸。河:指黄河。永乐:《旧唐书·地理志》:"河中府有永乐县。"位于黄河北岸,在今山西芮城县西南,与盘豆镇隔黄河而相望。闺中:女子居室。此处指岑参的妻子。齐梁体:是盛行于南朝齐梁时代的一种绮丽软媚的艳体诗。这是一首思念家乡妻子的书信体诗。诗人描写了妻子美丽动人的风姿,以及孤寂静守、思念丈夫的无奈。具体写作年代不详。豆,一作"石",为误传。

　　盈盈一水隔,寂寂二更初。
　　波上思罗袜,鱼边忆素书。
　　月如眉已画,云似鬓新梳。
　　春物知人意,桃花笑索居。

盈盈一水隔,寂寂二更初——盈盈:水清浅貌。水:指黄河。《古诗十九首·迢迢牵牛星》:"河汉清且浅,相去复几许?盈盈一水间,脉脉不得语。"此处借用其语,亦化用其意。这二句写诗人夜过盘豆,望对岸永乐,一水相隔,如银汉迢杳,不仅使诗人联想起远在家乡的妻子。夫妻二人亦如这为河汉隔绝的牛郎织女,只能长相思,而不能长相守。

波上思罗袜,鱼边忆素书——罗袜:丝锦袜,此处为借代,指妻子。曹植《洛神赋》:"体迅飞凫,飘忽若神。凌波微步,罗袜生尘。"此处化用其意,描写妻子的举止风神婀娜多姿,轻灵曼妙。素书:指书信。古人常用一种一尺左右的白色缣帛书写,故称书信为"尺素"。古乐府诗《饮马长城窟行》:"客从远方来,遗我双鲤鱼;呼儿烹鲤鱼,中有尺素书。"或说古人将书信夹在做成鱼形的木模具里;或说将尺素书结成双鲤鱼形。此二句写望夜晚粼粼河水的幽光,若妻子步态轻盈摇曳,踏波而来;见水中的游鳞,亦使人想起传递思念的尺素书。

月如眉已画,云似鬓新梳——此二句写诗人见皎皎初月,不仅想起妻子新描画的秀眉;望云团朵朵,似乎妻子刚梳理的柔美细密、高耸亭匀的乌发。

春物知人意,桃花笑索居——春物:春之景物。索居:独居。此二句写春日万物情态初萌,鸟知呼朋唤友,花懂灿烂春风,而妻子独守空房,打发春光,似乎轻薄佻达的桃花也在有意无意地嘲笑她。

此诗为效齐梁体。岑参借其写闺情,保存其精工流丽、细美婉约的风格,屏弃其淫冶绮艳的内容描写,见出唐代闺情诗清新健康的一面。开端处化用汉代古诗语,古朴典雅,含蓄悠长。两个叠音词,一唱三叹,回环不绝,荡人情思。中二联睹物生情,自然而然,见出诗人对妻子情深意重。而或入典,或取意象喻譬,使诗句显得巧丽细致,得闺情诗之本色,重饰的多层意象,亦引人遐思联翩。后二句以佻达的桃花反衬妻子的贞静孤守。全诗不见直抒的情怀,却在多重意象、典故及反衬中升华着诗人对妻子的深情和思念,是岑参不多见的闺情诗之一。方回《瀛奎律髓》卷七评:"波、鱼、月、云,所睹之四物也;袜、书、眉、鬓,所思之四事也。可谓工矣。"

春　梦

此诗写怀人主题。从诗致之宕逸轻灵来看,当为诗人早年所作,具体时间不详。诗中"洞房"一作"洞庭","遥忆美人"一作"故人尚隔"。

洞房昨夜春风起,遥忆美人湘江水。
枕上片时春梦中,行尽江南数千里。

洞房昨夜春风起,遥忆美人湘江水——这两句写春回大地,风入洞房,在春风的吹拂之中,想起远在湘水之滨的美人,不禁更加思念。

枕上片时春梦中,行尽江南数千里——片时:犹言片刻,形容时间短暂。这两句写由于白天的怀想与思念,夜眠洞房,因忆而成梦,枕上的片刻工夫,梦中却已走完去江南数千里的路程。

"梦"与浪漫主义诗人之间往往有着不可分割的关系,在一定程度上成了浪漫主义诗人内在质素的重要体现。中国文学史上,无论是屈原、阮籍还是李白、苏轼、陆游,以及作为词家的吴文英等,皆长于写梦,而岑参则更是如此。在他的诗里,"梦"字出现的频率非常高,他常常借梦抒情。这首诗即是一首以梦为题,直接写梦的作品。诗篇幅虽短,但层次曲折,意蕴丰富。先由春风起笔,再由春风而忆远人,最后又转忆为梦,意脉层层转折,一转一深,构成一个整体。另外,此诗虽以怀人为主题,但读来并不因与美人远隔而低沉哀伤,相反整首诗笔致飘逸灵动,洋溢着明朗轻快的旋律。这种意境与抒情效果的取得,主要是由于诗着意表达的是一种非常美好的情感,超越了个人的经历而融入了对普遍人生的美好期待,与张若虚的《春江花月夜》有近似之趣,从中不难见出岑参内心旖旎的情怀与浪漫的情愫。此诗后两句历来为人称赏,堪称名句。正是如此,历来有不少人借鉴袭用。清人贺赏《载酒园诗话》便云:"诗有同出一意而工拙自分者。如戎昱《寄湖南张郎中》曰:'寒江近户漫流声,竹影当窗乱月明。归梦不知湖水阔,夜来还到洛阳城。'与武元衡'春风一夜吹乡梦,又逐春风到洛城',顾况'故园此去千馀里,春梦犹能夜夜归'同意,而戎语之胜,以'不知湖水阔'五字,有搔头弄姿之态也。然皆本于岑参'枕上片时春梦中,行尽江南数千里'。"由此不难看出此诗对后世的影响。

题平阳郡汾桥边柳树

【题解】

　　此诗写重游故地的所见所感。岑参父植于开元八年(720)为晋州刺史,参随父前往,于晋州居住约八、九年,后移居嵩阳。晋州:《旧唐书·地理志》:"晋州……天宝元年改为平阳郡。"即今山西省临汾市。岑参曾于天宝五、六载(746—747)游晋、绛,此诗当作于此时。汾:汾水,又称汾河,黄河支流,源出山西宁武县管涔山,南流至曲沃县西折,在河津县入黄河。一本题下有注"参曾居此郡八九年",一本诗题无"平阳郡"。

　　　　此地曾居住,今来宛似归,
　　　　可怜汾上柳,相见也依依。

　　此地曾居住,今来宛似归,可怜汾上柳,相见也依依——此地:指平阳郡。宛:仿佛。依依:柳枝袅娜柔软之状。《诗经·小雅·采薇》:"昔我往矣,杨柳依依。"四句写诗人故地重游,宛若以前从外地回家。汾河岸上袅娜垂柳,似乎还识旧人,欲着人衣,依依难舍。

新评

此诗为五言绝句。诗人重游小时居住地,恍然多少往事涌上心头。诗人感慨万千,浮想联翩,千头万绪,欲言还止,而诗人只撷取河边杨柳意象来传情达意。自古即有折杨柳送别的风俗,古诗中亦屡见不鲜,诗人能化陈出新,意巧语奇,重逢的杨柳欲着人衣,此中即浓缩了诗人哽咽难述的童年追怀,记载着诗人当初与旧邻长亭送别、依依不舍的动人画面,也凝聚着诗人对故地的深厚感情。言短而意长,语浅而情深,杨柳依依之貌形象生动,俏如丽人,直有画面效果。

宿蒲关东店忆杜陵别业

题解

蒲关:《元和郡县志》:"河中府河东县有蒲坂关,一名蒲津关。在县西四里……亦关河之巨防也。"在今山西永济县西。杜陵:地名。古为杜伯国,本名杜原,又名乐游原。秦置杜县,汉宣帝在此筑陵,改名杜陵。在今陕西西安市东南。杜甫曾居此。岑参的杜陵别业疑即高冠草堂。此诗约为诗人游晋、绛返回京城时写。诗人思乡甚切,归心似箭。"归路",一作"归客";"春树",一作"秦树"。

关门锁归路,一夜梦还家。
月落河上晓,遥闻秦树鸦。
长安二月归正好,杜陵树边纯是花。

新解

关门锁归路,一夜梦还家。月落河上晓,遥闻秦树鸦——关门:指蒲津关门。此四句写诗人一路征程,归心似箭,蒲津关门已闭,不能继续赶路,诗人思乡心切,由不得梦中回到故乡。天刚破晓,月落乌啼,搅醒了诗人的归乡梦。

长安二月归正好,杜陵树边纯是花——此二句为诗人想象之句。时值二月,春阳已萌,长安当是一派春光盛景,高冠草堂也一片花团锦簇吧。

新评

此诗抒写诗人归心似箭之情。首二句点题,写关门已闭,才不得不有梦中还乡。中二句写启明之际,诗人被春鸦唤醒,恍惚间不知身在何处,是业已在家,是归程途中?后二句又承中二句之梦意,遥想家乡春景,仿佛眼前。诗人对故居的忆念之深、归心似箭之情不言自明。全诗用意错落有致,自然浑成。形式短小,五、七言兼用,灵活自如。语言平易自然,又意味隽永。

入蒲关先寄秦中故人

蒲关:见《宿蒲关东店忆杜陵别业》注。秦中:陕西为古秦国之地,故称秦中,也称关中。此处指长安。此诗当与《宿蒲关东店忆杜陵别业》作于同时。诗人尚在归途,忆念故友,情不可遏,写下此诗。一本题作"入关先寄秦中故人"。

　　秦山数点似青黛,渭水一条如白练。
　　京师故人不可见,寄将两眼看飞燕。

秦山数点似青黛,渭水一条如白练——秦山:秦地山川。青黛:青黑色颜料。古时妇女常用以画眉,故常以青黛喻妇女眉毛。此处谓秦山远看如黛眉。渭水:也称渭河。黄河主要支流之一。源出甘肃渭源县西北鸟鼠山,东南流至清水县,入陕西省境,横贯渭河平原,东流至潼关入黄河。白练:白色的熟绢。谢朓《晚登三山还望京邑》:"澄江静如练。"此以白练形容渭水。此二句写诗人已入蒲关,离秦地指日可待。诗人遥望秦地山川,秦山依稀如青黛,点点丛聚,渭水澄静如练,缓缓流淌。

京师故人不可见,寄将两眼看飞燕——飞燕:《古诗十九首》之十二:"思为双飞燕,衔泥巢君屋。"此二句写京城中故友知交不见已久,诗人迫不及待欲与他们嘘寒问暖,一叙别离相思之苦,诗人恨不得先寄上可深情注目的双眸,看故友堂前飞燕。

前二句为诗人遥想秦地山川美景。诗人撷取秦地风物之佳处,山如青黛,水如白练。喻词并不新颖,却情形如画,真实生动。后二句抒写对故人的思念之情。一个"寄"字,巧妙新奇,用法类于李白《闻王昌龄左迁龙标遥有此寄》之"我寄愁心与明月,随君直到夜郎西"。双眼看飞燕,意趣横生,耐人寻味。全诗语言平易自然,不事雕琢,但略显浅白随意。

胡笳歌送颜真卿使赴河陇

题解

胡笳：我国古代北方少数民族的管乐器。传说为汉张骞从西域传入，其音悲凉。传说蔡琰（东汉著名学者蔡邕之女）作《胡笳十八拍》，一章为一拍。《乐府诗集》卷五十九《胡笳十八拍》引唐刘商《胡笳曲序》曰："蔡文姬善琴，能为《离鸾别鹤》之操。胡虏犯中原，为胡人所掠，入番为王后，王甚重之。武帝与邕有旧，敕大将军赎以归汉。胡人思慕文姬，乃卷芦叶为吹笳，奏哀怨之音。后董生以琴写胡笳声为十八拍。"颜真卿将赴河陇，故岑参作胡笳歌送行。河陇：即河西、陇右所置两个节度使。河西治所在凉州（今甘肃武威县），陇右治所在鄯州（今青海乐都县），旧皆属胡地。颜真卿：字清臣，其五代祖为北齐著名文学家颜之推。"开元中，举进士，登甲科，事亲以孝闻"，曾充河西陇右军试覆屯交兵使。曾因不附杨国忠出为平原太守。平定安禄山叛乱有功，后官至工部尚书兼御史大夫、太子太师等职，封鲁郡公，谥文忠。《旧唐书》有传。这是一首送行诗。诗人以悲凉哀婉的胡笳歌表达对友人远行塞外边荒寒凉之地的同情和依依不舍之情。唐汝询评此诗说："边庭之悲者莫过于笳，故作歌以纪颜之客况也。"（《唐诗解》卷十七）

> 君不闻胡笳声最悲，紫髯绿眼胡人吹，
> 吹之一曲犹未了，愁杀楼兰征戍儿。
> 凉秋八月萧关道，北风吹断天山草。
> 昆仑山南月欲斜，胡人向月吹胡笳。
> 胡笳怨兮将送君，秦山遥望陇山云，
> 边城夜夜多愁梦，向月胡笳谁喜闻？

新解

君不闻胡笳声最悲，紫髯绿眼胡人吹，吹之一曲犹未了，愁杀楼兰征戍儿——紫髯绿眼：髯，胡须。为胡地少数民族的特征。楼兰：汉代西域国名，后改名为鄯善。在今新疆罗布泊西，地处西域通道上，已为流沙所没，今残存有古城遗址。此处泛指西部边疆。征戍儿：戍守边防的兵士。此四句写胡笳声凄凉悲烈，催人泪下，多为紫须绿眼的胡地少数民族吹奏，吹之一曲未了，已使戍守边疆的中原健儿愁肠百转，思乡情浓。

凉秋八月萧关道，北风吹断天山草。昆仑山南月欲斜，胡人向月吹胡笳——

萧关：关塞名，一名鄔关。汉代关中四关之一，为关中至塞北的交通要道，旧址在今宁夏固原东南。天山：唐时称伊州西州以北一带山脉为天山。伊州，今新疆哈密县。西州，吐鲁番县东南达可阿努斯城。昆仑山：在新疆西藏之间，西接帕米尔高原，东延入青海省境内，层峰叠岭，势极高峻。此四句写胡地秋天的寒荒之景。八月萧关秋凉如冰，北风肆虐，揉搓着天山青草，内地八月暑气刚消，胡地则已寒凉衰杀，草枯霜降。昆仑山月玲珑似钩，清凉宁静，胡人向月吹箎，凄凉清越的箎声，和着月光流逝悲咽婉转，搅起多少离人恨。

胡箎怨兮将送君，秦山遥望陇山云，边城夜夜多愁梦，向月胡箎谁喜闻——君：指颜真卿。秦山：秦岭，即陕西省境内的终南山。此指对颜真卿送别之地。陇山：《新唐书·地理志》："陇右道有陇坻山。"在今陕西陇县西，又称陇坻、陇坂。此处指颜真卿将出使之地。边城：塞外疆域城镇。此四句写诗人以幽凄悲咽的胡箎乐为颜君送行，惜别和牵挂尽于悲箎中。长安之秦山高可及天，亦坚定地遥望边塞之陇山，千山万水相阻，挡不住好友之间的深情厚意。边城寒荒穷僻，千里之遥，友人于此岂不夜夜思乡，梦中回归旧里，而不适时宜的胡箎却执意对月悲咽，催人泪下。

此诗为送别诗。诗人抓住胡地风物——胡箎和可寄愁心的月亮两个典型意象，反复吟唱，以胡箎诉情，以明月代相思，胡箎之悲凄幽咽，催人泪下，和月亮的阴晴圆缺、万里共对，与人世的悲欢离合相摩相荡，浓缩情感于意象中，引人联想，意味隽永。沈德潜评此："只言箎声之悲，见河陇之不堪使，而惜别在言外矣。"（《唐诗别裁》卷五）全诗声情并茂，"悲壮凄绝"（《唐贤诗集》评），气势波澜有致，气象辽复壮阔，写景不拘细处，而主要捕捉其与情感脉络相一致的粗犷悲凉的一面，使情感在绘景状物中凸现并升华。同时歌行体的体裁特点也使全诗情感流注既自然舒张，又开合有度，悲情跌宕，起伏有致。

初过陇山途中呈宇文判官

宇文判官：其人具体事迹不详。岑参有《武威春暮闻宇文判官西使还已到晋昌》、《寄宇文判官》等诗，可知宇文氏曾任安西四镇节度使高仙芝属下判官。判官：《旧唐书·职官志》："节度、观察、团练、防御诸使，各有判官一人。"是地方长官的僚属，佐理政事。此诗写于天宝八载（749），时安西四镇节度使高仙芝入朝，并表授岑参为右威卫录事参军，充节度使幕掌书记。诗即写于岑参赴安西途中。

前段描写征途之遥且艰辛,后段写路遇宇文判官。歌颂宇文氏为国从军,不计个人得失的高贵品质。"光照",一作"先照";"山塞",一作"山色";"不愁",一作"不肯"。

　　一驿过一驿，驿骑如星流，
　　平明发咸阳，暮到陇山头。
　　陇水不可听，呜咽令人愁。
　　沙尘扑马汗，雾露凝貂裘。
　　西来谁家子，自道新封侯。
　　前月发安西，路上无停留，
　　都护犹未到，来时在西州。
　　十日过沙碛，终朝风不休。
　　马走碎石中，四蹄皆血流。
　　万里奉王事，一身无所求，
　　也知塞垣苦，岂为妻子谋？
　　山口月欲出，光照关城楼，
　　溪流与松风，静夜相飕飗。
　　别家赖归梦，山寒多离忧，
　　与子且携手，不愁前路修。

　　一驿过一驿,驿骑如星流,平明发咸阳,暮到陇山头。陇水不可听,呜咽令人愁——驿:驿站。古代供传递官文、转运官物及供来往官员休息的机构。唐制凡三十里有驿,驿有长,四方所连,共有驿一千六百三十九。地方险阻无水草镇戍之处,于要隘置官马。平明:天刚亮时。咸阳:秦朝旧都。在今陕西咸阳市东,此处借指长安。陇水:《元和郡县志》卷三十九清水县:"小陇山,一名陇坂,又名分水岭。……陇坂九回,不知高几里。每山东人西役,升此瞻望,莫不悲思。陇上有水,东西分流,因号驿站为分水驿。行人歌曰:'陇头流水,鸣声呜咽,遥望秦川,肝肠断绝。'"此处借用其意。此六句写诗人于天刚亮时从长安出发,快马如星流,驰过无数驿站,傍晚时才抵达陇山口。回首长安已在天一涯,呜咽回旋的陇山流水听之愈发增添孤独惆怅之感。

　　沙尘扑马汗,雾露凝貂裘。西来谁家子,自道新封侯——西来:指宇文氏从安西都护府来。安西都护府治所在龟兹,今新疆维吾尔自治区库车县。谁家子:指宇文判官。子,为对男子的尊称。新封侯:侯,爵位,此处指宇文氏刚得到判官爵位。

此四句转写路遇宇文判官。宇文氏风尘仆仆从安西赶来。快马因疾奔远行而大汗淋漓,搅起的沙尘凝和了马汗,裹挟住马身。夜晚的雾气和露水经宿未散,附着于行人的皮毛外衣上,潮润润的一层。与宇文氏荒山僻野偶遇,不免一叙寒温,互道姓名身份。

前月发安西,路上无停留,都护犹未到,来时在西州——西州:《旧唐书·地理志》:河西道有西州,在今新疆吐鲁番东南。都护:指安西节度使高仙芝。此四句为宇文判官自叙行止,宇文氏发自安西已一月余,一路马不停蹄,昼夜兼程。而高仙芝都护从西州出发,尚在途中。

十日过沙碛,终朝风不休。马走碎石中,四蹄皆血流——沙碛:沙漠。此四句写宇文氏一路跋涉艰辛之状。路经沙漠,荒无人烟,沙尘飚风,经日不休。马行碎石上,四蹄磨搓久便破损流血。

万里奉王事,一身无所求,也知塞垣苦,岂为妻子谋——奉王事:指效力边防。塞垣:边塞的城墙。此处代指边塞。此四句写宇文判官不辞万里路之遥事边,风沙苦寒,食水难服,亦毫无怨言,难道是为妻子儿女打算吗?诗人对其高尚品格给予了高度赞扬。

山口月欲出,光照关城楼,溪流与松风,静夜相飕飗——山口:指陇山山口。关:大震关,又名陇关。关在陇山脚下。关城楼:指戍卫陇关的关楼。飕飗(sōuliú):风声。此四句写陇山关口月夜之景。陇山苍郁朦胧,山头月亮玲珑皎洁,月华流泻,银河上下空明旷远,关城楼静穆而分明。潺潺溪流丁丁冬冬,松上清风扬扬,窸窣有声,静夜里听来分不清哪是溪水声,哪是松风声。

别家赖归梦,山塞多离忧,与子且携手,不愁前路修——离忧:离家的乡愁。修:长。此四句为诗人远程孤寂,忽遇新朋的欣慰语。诗人一别家乡经日,思乡之苦无以聊赖,唯托于幽梦。眼前陌生的环境,冷漠的山塞只增人离忧。幸有宇文判官结伴前行,聊慰旅途孤寂酸辛之苦。

此诗写诗人西征途中遇到宇文判官并歌颂其为国效命,不辞艰辛,不计得失的磊落胸襟,同时也暗示出诗人自己的事功追求和人格向往。全诗前写征程风尘跋涉之苦,并交代了时间、地点,简单的环境物态描写,已画出征人途中之艰辛和思乡的无可奈何。中间娓娓话来,如"口道"(钟惺《唐诗归》卷十三),读之平易自然,亲切如对面语。"十日"四句,点染出沙漠苦寒之状。诗人不直接描写,而以人的感受和马行之惨凄反证,力透纸背,反比直描更让人触目惊心。沈德潜评此"亦为警绝"(《唐诗别裁》卷一),甚是。后段为诗人对宇文氏的赞颂,并抒发一种高扬的乐观无畏精神,表现出盛唐人的精神本色,与高适《别董大》"莫愁前路无知己,天下谁人不识君"同调。其中兼及塞外月照风光，月之流华为无声之动，溪流、松风为有声之响，静夜荒原苍山，似乎只有凸显的这三个有"动"之物，可聊慰人的孤寂，可打破旅途的沉闷。诗人观察之深，诗笔之细，或许只有感同身受的人才可体会。一"赖"字为谭元春所赞好："从来做乡梦语奇妙者多矣，为此赖字占先。"（《唐诗归》卷十三）

经陇头分水

陇头分水：见《初过陇山途中呈宇文判官》中"陇水"注。此诗当和前诗作于同时。诗人见潺潺东流的陇头水，黯然生离忧。

> 陇水何年有，潺潺逼路旁。
> 东西流不歇，曾断几人肠？

陇水何年有，潺潺逼路旁。东西流不歇，曾断几人肠——潺潺：水流的声音。四句写陇水亘古长流，路旁幽咽低回，婉转向前，其于分水岭亦作人间分手状，东西分流，让游子莫不睹物生悲，黯然神伤。

分水岭素为山东人送别处，行人至此与亲人洒泪而别，挥鞭上马。陇水潺潺，无情物也在助人悲情。文人须有一副善观善感的锐眼，才能捕捉平常意象中之不平常意蕴；也须有一颗悲天悯人的情怀，才能融一己之同情于普遍广大的纷纭众生和无处不在的自然物象上。此诗全写陇水意象，陇水东西分流如亲人离合，睹此者莫不伤情。诗人用古诗的体裁将离忧与流水意象结合，古韵天成，含蕴无穷。首句、末句均用问句体，不仅延伸着时空的深沉感，也在幽幽诉说一个人间永恒的情感关怀。

西过渭州见渭水思秦川

渭州：据《旧唐书·地理志》，陇右道有渭州，在今甘肃陇西县西南。渭水源出渭州鸟鼠山，东流至陕西境入黄河。秦川：《读史方舆纪要》"陕西"："秦孝公徙都之，谓之秦川，亦曰关中。"即今陕西中部地区，此处指长安。此为诗人赴安西节度使途径渭州所作。诗人睹渭水长逝，思故园杳杳，情之所至，写下此诗。

渭水东流去，何时到雍州？
凭添两行泪，寄向故园流。

渭水东流去，何时到雍州？凭添两行泪，寄向故园流——雍州：唐初改隋之京兆郡为雍州，治所在长安。唐代开元元年，复改雍州为京兆府。此处借指长安。故园：指诗人在长安的高冠别业。四句写渭水一路奔流，终有到长安之日。诗人却羁留他乡，望故园漫漫，远在天一涯。愿于奔流的渭水再添两行清泪，寄向遥远的家乡，俯舔乡土，以慰难耐的离愁。

此诗写离别乡愁。渭水东流，与诗人何干？诗人乡愁滚滚，化作千行泪，又能添几多渭水？诗人一份天真烂漫的情怀，竟想象渭水驮着他的满腹乡愁、千行泪水，东流不息，寄向故园，实在浪漫又多情。诗人深于情，方得有回肠荡气的感人诗篇。南唐李煜的《虞美人》词"问君能有几多愁，恰似一江春水向东流"，亦寄缠绵婉转的愁思于滔滔春水，意象的相似盖皆出于一种深切的同情。杜甫《所思》"故凭锦水将双泪，好过瞿塘滟滪堆"，《奉寄高常侍卫》"别泪遥添锦水波"，可谓同一机杼。

题金城临河驿楼

金城：唐金城郡治所，在今甘肃兰州市。临河驿楼：河，指黄河。黄河穿金城东流。驿楼：指临黄河的驿站。此诗一说为张谓所写。"金城"，一作"金陵"；"五凉"，一作"五梁"。此诗为诗人赴安西途中过金城借宿于驿楼的所见所感。

古戍依重险，高楼见五凉。
山根盘驿道，河水浸城墙。
庭树巢鹦鹉，园花隐麝香。
忽如江浦上，忆作捕鱼郎。

古戍依重险,高楼见五凉。山根盘驿道,河水浸城墙——古戍:古代兵卒戍守重地。五凉:东晋时十六国中有前凉、后凉、南凉、西凉、北凉,称为五凉。山根:指陇山山脚。此四句写金城驿楼所处的地理环境。金城自古以来即是重要的边塞关防重地,有层峦叠嶂的险山依恃,有惊涛拍岸的黄河绝渡。凉州风烟可及,高处可见。陇山山脚层叠盘曲的驿道,峻险可畏,浊沙卷裹的黄河声势威吓地拍打着金城城墙。

庭树巢鹦鹉,园花隐麝香。忽如江浦上,忆作捕鱼郎——鹦鹉:《元和郡县志》卷三十九:"小陇山一名陇坂……上多鹦鹉。"岑参后有《赴北庭度陇思家》:"陇山鹦鹉能言语。"麝香:鸟名。杜甫《山寺》:"麝香眠石竹,鹦鹉啄金桃。"罗愿《尔雅翼·释兽》三:"麝,兽之香者,故物之香者比之。今有麝香鸟。"江浦:江岸。捕鱼郎:陶渊明《桃花源记》:"晋太元中,武陵人捕鱼为业,缘溪行,忘路之远近,忽逢桃花林……"此处化用其典喻比旧日终南高冠别业的隐居生活。岑参另有《送滕亢擢第归苏州拜亲》诗:"江村人事少,时作捕鱼郎。"可参看。此四句写诗人睹驿楼园内花鸟盛概,不禁生发归隐江湖之感。此处鹦鹉、麝香,盖诗人拈金城风物之特,香园花鸟,而异趣盎然。漫步小园,暂息尘劳,诗人恍若悠哉悠哉于家乡别业,垂钓江畔,作一烟波钓叟。

全诗分前后两段。前段描写金城地理概貌。诗人极写山城所处环境的高险,自远及近。五凉拱卫,盘曲依次,苍茫天外。近处写高山峻岭,驿道迂回盘伏,黄河君临城下,森严可畏。此段整体风格上是气局宏大壮阔,波澜起伏,凸现外物远景的苍茫高险,给人以畏压感。后段转写小园细景,轻悠闲淡,风韵独作,让人恍若处身于世外桃源。园外的峻险与园内的宁恬,似涨潮与退潮,在短短八句中凝和、分裂,诗人以描景统之,又贯以对自然壮景的钟爱和江湖闲人的追慕,使相远风格的两段自然交会,融合为一。语言平易自然中见出波澜,摹景绘物中实景虚景共相生发,有近味有远韵,两种风格的意象比配,自然而不生硬。

暮秋山行

此诗所作具体时间、地点不详。诗写暮秋之景、羁旅之困,并抒发一种孤独寂寞的身世之感。

　　　疲马卧长坂，夕阳下通津。
　　　山风吹空林，飒飒如有人。
　　　苍旻霁凉雨，石路无飞尘。
　　　千念集暮节，万籁悲萧辰。
　　　鹈鴂昨夜鸣，蕙草色已陈。
　　　况在远行客，自然多苦辛。

【新解】

　　疲马卧长坂，夕阳下通津——长坂，长长的山坡。通津：四通八达的渡口。津，渡口。此二句交代时间、地点及诗人旅途的劳累。跋涉一天，疲惫不堪的马终于暂得驻足，休憩于长长的山坡，夕阳徘徊于渡口上，消失在天水交接处，夜幕侵吞了远山、树影，包围着孤寂的诗人和疲马。

　　山风吹空林，飒飒如有人。苍旻霁凉雨，石路无飞尘——飒飒：风声。苍旻：苍天。霁：雨止天晴。此四句写雨后山林之景。秋风阵阵，松涛起伏，波澜有声，煞如行人搅破夜色的宁静。凉雨初霁，天色如苍，风行云上，浑浑浩浩。一条延展的石路经雨水的冲刷，清新无尘。

　　千念集暮节，万籁悲萧辰。鹈鴂昨夜鸣，蕙草色已陈——千念：指诗人心事千头万绪。暮节：暮秋。一说为重阳节，谢灵运《九日从宋公戏马台集送孔令》："良辰感圣心，云旗兴暮节。"万籁：大自然的一切声响。籁，空穴所发之声。萧辰：萧索的暮秋夜晚。鹈鴂：杜鹃鸟。蕙草：一种香草，于初秋开红花。色已陈：指蕙草花将凋落。屈原《离骚》："恐鹈鴂之先鸣兮，使百草为之不芳。"此二句用其语，表达诗人感时而生迟暮之悲。此四句写诗人伫立暮秋山中，感悲飒山风，浑涵天宇，念天地之悠悠和一己之渺小孤独，不禁心中怆然，百感交集。大自然中万籁声发，嘈嘈切切，悲悲咽咽，似也和鸣着诗人心中的感时伤恨。鹈鴂先鸣，蕙草已凋，自己老大蹉跎，功名难就，诗人临风不免生迟暮之感。

　　况在远行客，自然多苦辛——况：况且。远行客：指诗人自己。二句写诗人远别家乡，孤寂苦闷，忽发的迟暮之感，使诗人倍感身世凄凉，江山美景，此时也失去其妖娆风态，只增多着一份沧桑肃杀，纷集于诗人的百转愁肠中。

　　读书远游是盛唐士人普遍之风习。游览名山大川，了解风俗民情，既开阔了视野，也抒展着盛唐士人昂扬自信、乐观向上的积极人生态度。当然行程之艰苦，前途之渺茫，也会使他们偶尔作一声孤闷无助的叹息。唐代士人又多从幕僚入仕,走关塞,闯边域,使他们多些其他朝代士人没有的人生体验。行役诗如盛唐诗歌百花园中又一朵异草香葩,熠熠生辉,记载着他们的心路历程。岑参这首行役诗,既有行役诗的一般特色,又见出岑参自己的独到的艺术领悟和审美情趣。诗人孤行秋山,感长林风声,万籁和鸣,百草凋落,鹧鸪先鸣,不免平添一份凄凉晚景的落寞愁绪。"士女怀春,秋士易感",宋玉悲秋似乎已成为中国士人的集体无意识心理。岑参这种悲情是一种普遍又自然的情绪,深于情的诗人就因有了这份多愁善感,才会有令人荡气回肠的锦绣诗篇。岑参此诗的独到处在于融情于景,情以景寄,虚景实景共相生发,实景传情达意,虚景托物言志。实景之实,在于旅途见闻。虚景之虚来自典故,用于诗中却水乳无间,增添了诗的内容及意蕴含量,很好表达了诗人蹉跎岁月、功名难就的内心惆怅,也使全诗意象纷呈,兴味悠远。

逢入京使

入京使:去京城长安的使者。此诗为诗人在安西节度府做幕僚时所作。诗人久在塞外,归心似箭,忽逢人将要入京,欣羡和激动无以言表,献诗一首,以寄语家人。

故园东望路漫漫,双袖龙钟泪不干。
马上相逢无纸笔,凭君传语报平安。

故园东望路漫漫,双袖龙钟泪不干。马上相逢无纸笔,凭君传语报平安——故园:指长安。路漫漫:《离骚》:"路漫漫其修远兮。"龙钟:泪水如注,纵横交错状。王褒《与周弘正书》:"援笔揽纸,龙钟横集。"凭:托靠,麻烦。传语:犹捎口信。四句写诗人身在塞外,思念故园,望家乡杳杳,归途渺渺,不禁悲从中来,涕泗交流。逢使入京,苦无纸笔可寄,希望使者捎口信给家人,但道平安吧。

此诗为岑参诗代表作之一。全诗直写思乡情浓,脱口而出,点笔成章,不由藻饰,不加装裹,而自然天成,意味悠长。情不掩而深,语不饰而真,其打动人处就在于这份真挚执着、烂漫天真的深情,以及健朗明快、潇洒通脱的盛唐气质。沈得潜评云:"人人胸臆中语,却成绝唱。"(《唐诗别裁》卷十九)谭元春亦云:"人人有此事,从来不曾写出,后人蹈袭不得,所以可久。"(《唐诗归》卷十三)

经火山

火山：又称火焰山，在今新疆吐鲁番东。山由红砂岩构成，赤如火焰，气候干热，故有此称。此诗为诗人赴安西节度途中，路经火山时所作，诗中描写火山奇异景观。

火山今所见，突兀蒲昌东。
赤焰烧虏云，炎氛蒸塞空。
不知阴阳炭，何独燃此中？
我来严冬时，山下多炎风。
人马尽汗流，孰知造化功？

火山今所见，突兀蒲昌东。赤焰烧虏云，炎氛蒸塞空。不知阴阳炭，何独燃此中——突兀：挺拔耸立，高出他处。蒲昌：县名。《新唐书·地理志》："西州交河郡有蒲昌县。"即今新疆鄯善县。虏：此指西北边地。炎氛：蒸腾的热浪。塞：边塞之地，亦指火山所处的西北边地。阴阳炭：贾谊《鵩鸟赋》："且夫天地为炉兮，造化为工；阴阳为炭兮，万物为铜。"阴阳和合，化生万物，此用其意。六句描写火山。火山乍见即令人触目惊心，其外形赤红，高耸入云，远看如庞然的火焰堆燃烧于西北边地，蒸腾的云气缭绕于火山上空，毒热的气浪扑面而来，让人窒息。这种壮伟奇绝的景致，不禁令人猜疑是否是天地借火山之地为宇宙大炉，融阴阳二气而化生万物呢？否则何必独于此燃烧而无声无息？

我来严冬时，山下多炎风。人马尽汗流，孰知造化功——造化：创造化生万物，唯天地有此功。此四句写时值隆冬，天寒地冻，而火焰山地理气候却闷热干燥，热浪腾腾，人行至此，大汗淋漓，气窒神昏，身难以当。天下竟有如此奇观，天地造化万物实在令人叹服叫绝。

诗写异域奇观。诗人抓住火山"赤"、"热"的典型特征极力铺写，三、四句一"烧"字，一"蒸"字，形象生动，用笔神到。五、六句想象阴阳融注燃烧，火山似天地大炉，奇思妙想，令人叫绝。丰富的想象，合理的夸张，奇妙的用典，使火山壮伟奇绝、鬼斧神工的景象栩栩如生凸现，读之如身临其境。景之奇丽壮美与诗人秀逸迥出的诗心诗笔结合,成为岑参边塞诗的一道独特而亮丽的风景线,岑参为此也坐稳了边塞诗人的第一把交椅。

碛中作

碛:沙漠。此诗亦为岑参赴安西途中作。沙漠广袤而绝人烟,诗人见人间团圞月,思乡情浓,感一己之孤独,写下此诗。"万里",一作"莽莽"。

走马西来欲到天,辞家见月两回圆。
今夜不知何处宿,平沙万里绝人烟。

走马西来欲到天,辞家见月两回圆。今夜不知何处宿,平沙万里绝人烟——走:跑。西来:指从长安西来安西节度府。欲到天:形容已尽乎西至边塞极处。两回圆:月圆两期,盖诗人西来已一月余。平沙:平坦广袤的沙漠。绝人烟:不见人迹。人烟:指人间居家的炊烟。四句写诗人快马西来,已经行一月余,四望平沙万里,渺无人烟,似乎已到了天边绝人处。抬头只见团圞清月深情款款注目凝视,无言陪伴着诗人,想家乡亲人亦在"隔千里兮望明月",诗人不禁感怀万千,乡愁难遏。夜已深沉,奔波了一天的人和马已疲惫不堪,于沙漠绝人处,又当于何处借宿呢?

月亮意象时常在岑参诗中出现,尤其是诗人远别家乡,仕从边域幕府时更是如此。西部边塞广袤渺远,而绝无人迹,月亮凸现异常,如放大的思乡意象时时暗示着诗人的思乡情浓。抬头睹明月,千里共团圆,月团圆天上,人别离人间,诗人黯然神伤于此。诗写愁绪,而这份愁绪又不直接抒写,潜隐在团圆之月中,留出空白让读者去联想,拓展了诗意的空间。末句写沙漠荒凉无人烟,点示着环境,也暗示着诗人的孤独寂寞。

过 碛

此诗当与前诗作于同时。写诗人接近安西却仍滞留沙漠的一片茫然无着的心绪。

黄沙碛里客行迷，四望云天直下低，
　　为言地尽天还尽，行到安西更向西。

　　黄沙碛里客行迷，四望云天直下低，为言地尽天还尽，行到安西更向西——黄沙碛：沙漠。客：指岑参。四句写诗人已行至安西都护府所辖之地，但目的地尚还遥远，四周依然白茫茫的沙漠延伸到天边，似下悬的穹隆盖顶，压迫着地平线，那就是天之涯地之角吧。

　　四望无极而黄沙漫漫的绝域荒漠，苍穹似高远辽阔，又似垂至边角可伸手触及，人伫立于天地之间，渺小而无助，诗就写这种感受。前二句已极言诗人荒漠中的迷茫，一句"四望云天直下低"，将边塞平川万里、四望无际的高天阔地表达出，与古谣曲"天似穹庐，笼盖四野"描写近似。后二句言行程之远。天何尝有尽头，地何尝有极限？西边还有更辽阔的世界，诗人行程的疲惫化于路途的遥遥难达的叹息中。两个"西"、"尽"字的反复叠用，回环复沓，一唱三叹，增加了诗歌的抒情效果和委婉含蓄的艺术性，语言浅淡似不着力，却浑然天成，余韵缭绕，读之不厌。

银山碛西馆

　　银山碛：《新唐书·地理志》"西州交河郡"："自州西南有南平、安昌两城，百二十里至天山西南入谷，经礌石碛，二百二十里至银山碛，又四里至焉耆界吕光馆。"银山，在今新疆托可逊西，属新疆吐鲁番县。馆：驿馆，古代供官员旅途休息的客舍。此处碛西馆盖指吕光馆。诗写塞外风沙苦寒，并抒发诗人欲建功立业的志向。"峡"，一作"碛"。

　　银山峡口风似箭，铁门关西月如练，
　　双双愁泪沾马毛，飒飒胡沙迸人面。
　　丈夫三十未富贵，安能终日守笔砚？

　　银山峡口风似箭，铁门关西月如练，双双愁泪沾马毛，飒飒胡沙迸人面——

风似箭：形容风冷冽尖峭。铁门关：《新唐书·地理志》："自焉耆（今新疆焉耆西南）西五十里，过铁门关。"此当为远望。月如练：练，白色熟绢。形容月光皎洁，净白如练。双双：一双双。飒飒：风声。胡沙：胡地风沙。迸：击扑。此四句描写边域风沙的凛冽尖峭，刚一入银山碛，风即迎面扑来，张牙舞爪，肆意抽打人的脸面，双眼亦如箭射，生疼麻酥，酸泪直流，搅和着生硬的马毛。天空晴白如洗，高寒清冽，朗月高照，星垂平野，望之令人心旷神怡。

丈夫三十未富贵，安能终日守笔砚——《后汉书·班超传》："超与母俱随至洛阳，家贫，常为官佣书以供养，久劳苦，尝辍业投笔叹曰：大丈夫无他志略，犹当效傅介子、张骞立功异域以取封侯，安能久事笔砚间乎？"岑参此时已约三十五岁。此二句用东汉班超的典故，抒发诗人不甘做穷守笔砚、无病呻吟的儒生，而愿驰骋边塞，建立叱咤风云的功名。

全诗先就边域之景着笔，后抒发情志。首二句以两个地理名词排列而成，见出空间的深远广袤，描绘出塞外独特的环境特征，用笔洗练而独到。两个比喻，形象贴切。中二句写风沙作用于人的感受，一"沾"字、一"迸"字直使人有不堪承受的亲临其境之感。末二句借典言志，笔意豪宕，洒脱不羁，抛弃传统士人扭捏装束、温文尔雅的性格气质，而直逼利欲功名的追求，真言无讳，率真无忌，显出唐代士人开放多元的文化心理和高扬自信、明快健朗的性格特征。全诗风格俊爽豪迈，粗笔挥洒，语言朴素自然，脱口而出。

宿铁关西馆

铁关：见《银山碛西馆》注。诗写留宿铁关驿馆的思乡情愁和行役感叹。

马汗踏成泥，朝驰几万蹄。
雪中行地角，火处宿天倪。
塞迥心常怯，乡遥梦亦迷。
那知故园月，也到铁关西。

马汗踏成泥，朝驰几万蹄。雪中行地角，火处宿天倪——地角：地之角，地的尽头，形容已走至西边极远处。天倪：天边。倪：边际，端。四句写艰苦卓绝的行旅生活。边域冰封雪盖,茫无际涯,诗人为赶路程,马不停蹄地昼夜兼程。夜已深沉,奔驰一天的马已大汗淋漓,和着搅起的灰尘几能踏汗成泥,人也饥渴难忍,困倦不堪,该找人家歇息一宿明早再赶路吧。铁关西馆似矗立于天之涯地之角,不知西部还有西天否?

塞迥心常怯,乡遥梦亦迷。那知故园月,也到铁关西——迥:远。四句写诗人宿于客舍的所思所感。边塞之远早有耳闻,路途之艰险更让人胆怯,虽如此,还是走上了征程,而且将近安西都护府开始新的仕途生活。独卧客舍,诗人不禁感慨万千,思乡情愁由不得又幽幽升腾起来。抬头忽然间睹那弯明月,竟自家乡逐旅人西行至此,它能带来家乡的片云点星,又能捎去诗人发自遥远安西的殷殷祝福和深切思念否?

诗前段写行役之苦,后段写思乡情愁。前四句用笔豪隽而有奇思,马汗踏地成泥,夸张而不失真实。"地角"、"天倪"将诗人苦中作乐、自我聊慰的心情表现出,语含苦涩的幽默。五、六句写诗人遥居边塞客舍的感受,荒漠塞野独居,家乡万里遥遥,恍惚间真不知身在何处?"心常怯"写未至关塞前,"梦亦迷"为此时之心境,一"怯"一"迷",真实生动,耐人寻味。方回批:"五、六胜三、四,以有议论而自然。"(《瀛奎律髓》卷三十)后二句尤见奇思,月亮普照世界,不分远近东西,诗人似烂漫儿童,不识此理,见一弯旧时月亦跟随于荒漠,竟诧异非常。诗人非刻意造奇,因思乡情浓,惆怅孤寂,忽睹家乡一样明月,直觉中由不得会有此感叹。诗非说理,非科学分析,其动人处在于情之真实深厚,夸张而不失真。

安西馆中思长安

诗写到达安西都护府后思念长安的寂寞愁绪,经年的旅途跋涉也使诗人有身世飘零之感。"屯边空",一作"宅边空"。

家在日出处,朝来起东风,
风从帝乡来,不异家信通。
绝域地欲尽,孤城天遂穷,
弥年但走马,终日随飘蓬。
寂寞不得意,辛勤方在公,

胡尘净古塞，兵气屯边空。
乡路眇天外，归期如梦中。
遥凭长房术，为缩天山东。

家在日出处，朝来起东风，风从帝乡来，不异家信通——日出处：太阳升起的地方，此处指长安。同时亦有以日喻帝王说。《韩非子·难四》："吾闻见人主者，梦见日。"李白《行路难》"忽复乘舟梦日边"，王琦注引《宋书》："伊挚将应汤命，梦乘船过日月之旁。"起东风：风从东方来。东方喻指长安。帝乡：君王建都之地，指长安。此四句写诗人见东来之风而惹起乡愁。东方是太阳升起的地方，那儿寄托着诗人悠悠故园之思，那儿是君王建都之地，何须健马，何须驿使，长风自帝乡而来，扑面如温，清泠如雨，岂不是家人的殷殷告语和思念深情？

绝域地欲尽，孤城天遂穷，弥年但走马，终日随飘蓬——孤城：指安西都护府治所龟兹镇。弥年：终年。弥，满。此四句写安西都护府所处之偏远几及天涯海角，令人直有"穷途末路"的荒落感，而诗人为赴安西，托身仕途，求取功名，已奔走经年，居无定所，餐风宿雨，苦不堪言，回首路程，诗人直有身世如蓬之叹。

寂寞不得意，辛勤方在公，胡尘净古塞，兵气屯边空——公：指公家事务。岑参在安西作右威卫录事参军，充节度使中掌书记，属保卫随从、文书管理性质。胡尘：指胡马奔驰所搅起的尘沙。兵气：指战争血腥杀气。屯：聚集。前二句写诗人于陌生环境中不免惆怅落寞，只得辛勤致力公事，以聊慰孤寂和思乡之愁。后二句描写战争氛围，两军对垒，旗鼓大作，刀光剑影，杀气喧腾，阴森的死亡之气如白蜡般封固住了边塞的空气，而纵横驰骋的战马搅起漫天飞扬的胡沙，古塞白日亦昏暗不见阳光。

乡路眇天外，归期如梦中，遥凭长房术，为缩天山东——乡路：归乡路途。眇：同"渺"。凭：借。长房术：《神仙传》卷五："费长房有神术，能缩地脉，千里存在目前宛然，放之复舒如旧。"天山：见《胡笳歌送颜真卿使赴河陇》注。天山东：指从安西至长安的一段路程。此四句写归途杳杳，归期渺渺，或许只有梦中可数可寄。万里路程，天涯之隔，幻想能有东汉费长房的神仙缩地术，千里化咫尺，一步可还家。

诗人仕途寥落，来塞外求取功名，实势不得已，而第一次出塞，是远在西极的安西，万里征程，艰辛跋涉，自不多说，环境之陌生、仕途之未卜以及难耐的思乡情愁，加重了诗人此行黯然难释的心绪。这一次赴安西，诗人洒下无数的思乡泪，诗歌中更有诸多的排遣不散的忧郁落寞。此诗亦是这种心绪的抒发。诗人已至安西，没有乍来初到的欣喜，亦无心欣赏塞外边域的奇丽，东风、旭日，让诗人触处之间，似亲见家乡消息，而触动思乡情怀。诗人不直写思乡，而以风起、日出等关乎东方的信物来暗引乡情，新颖妙巧，意出言外。"胡尘"二句写战事，却屏弃战事的过程和场面，只写战事造成的凝重的空气和阴森满布的古塞。诗人目的既非叙战事，故此中环境特写，很好地表达了诗人忧郁寂寞、无以填塞的心绪，作到情景交融。后二句为诗人浪漫想象，匪夷所思。岑参好奇，不仅在于奇句奇语，更因其奇思妙想而迥出其他边塞诗人，从而形成自己的独特的风格。

早发焉耆怀终南别业

焉耆：指焉耆都护府，为安西四镇所辖都护府之一，距安西都护府约东800里处，在今新疆焉耆回族自治县西南。终南别业：指岑参在长安东南终南山所居住的高冠别业。此诗当为诗人于天宝九载秋天于安西幕府，曾行役于焉耆时作。亦不离征役之苦与乡关之思，风格亦类于同期作品。

晓笛引乡泪，秋冰鸣马蹄。
一身虏云外，万里胡天西。
终日见征战，连年闻鼓鼙。
故山在何处，昨日梦清溪。

晓笛引乡泪，秋冰鸣马蹄。一身虏云外，万里胡天西——晓笛：清晨羌笛吹奏之声。秋冰：胡塞属高寒地带，入冬早，故虽秋日业已结冰。虏：对西北边地的蔑称，与下"胡"字同。此四句写诗人早发焉耆，闻幽怨羌笛袅袅，不禁搅起乡情，诗人黯然神伤，垂泪饮泣。马蹄得得，轻快如飞，踏着早结的寒冰，伴着诗人的孤独行旅。胡天辽夐万里，旷荡苍茫，诗人孤处塞外，不免凄凉寂寞，思乡情愁似弥漫充塞了整个胡天，一直延伸到万里之外的长安故园。

终日见征战，连年闻鼓鼙。故山在何处，昨日梦清溪——鼓鼙(pí)：战鼓。鼙，鼓的一种。故山：指岑参隐居的终南山。清溪：指终南山的小溪流。此四句写诗人回忆在安西都护府一年多的幕僚生活。边塞多战事，征战杀伐，鼙鼓旌旗，铁甲刀剑，这些已为诗人司空见惯。从军边庭，既已将生死置之度外，然而人之自然亲情，又使诗人于军旅生涯之外，频动乡关之思。长安，那让诗人魂牵梦绕的故园，飘荡在云深不知处，它像一个梦中的仙都，召唤着诗人，引领着诗人似箭的归心。

诗人在安西都护府心情一直抑郁不展。诗中缭绕的尽是乡关之思和寂寞惆怅的身世之感。即使塞外壮阔粗犷、奇峻迥秀的自然风光也寄寓了诗人的孤独寥落的感伤情怀。这是与诗人仕途畅阻有切实的关联。从作于安西的一系列诗中,可见出诗人并未有欣慰明朗的从军仕途生活,故而诗未明显见出岑参诗瑰奇壮丽,豪迈雄浑的代表风格。此时诗多写哀怨之音、寄愁之语,风动于情而骨气稍弱,略有阮籍诗风格。但岑参诗婉转却不冶媚,秀丽而不绮靡,浑涵深厚,浏亮隽永,自是一种风情。诗人不刻意描写细物细景,而以情荡之,情景交融,相摩相激,颇耐人咀嚼。此诗前四句即表现出这种特点,诗人未尝工笔细描塞外风光,而以笛、冰、云、天,四字尽之,又以乡愁和乡愁引起的孤寂感统贯,景之渺远广阔,飘荡东西,不可捉摸,正烘托了诗人弥天又难以细说的复杂心绪,空白处很多,引人联想。后四句有些落入旧套,"梦"的意象于诗中常出现,但亦可理解诗人乡情深沉、魂牵梦绕之状。

题苜蓿烽寄家人

苜蓿烽:为关外五烽之一,具体位置不详,依诗中提及的葫芦河知当在玉门关附近(玉门关,在今甘肃敦煌县西北,为通西域要道)。此诗为诗人在安西都护府任职时作。诗人在安西时,曾行役于外,两度至阳关(阳关,在玉门关南)。此诗为苜蓿烽头感春而作。

苜蓿烽边逢立春,葫芦河上泪沾巾,
闺中只是空思想,不见沙场愁杀人。

苜蓿烽边逢立春,葫芦河上泪沾巾,闺中只是空思想,不见沙场愁杀人——立春:节气名,在阳历2月5日前后。葫芦河:慧立《大慈恩寺三藏法师传》卷一:"或有报云:从此(瓜州)北行五十余里,有瓠芦河,上广下狭,洄波甚急,深不可渡。上置玉门关,路必由之,即西境之襟喉也。关外西北,又有五烽,候望者居之,各相去百里,中无水草。"闺中:指岑参妻子。思想:思念。愁杀人:使人忧愁极甚。杀,同"煞",极甚之义。《古诗十九首》之十四:"白杨多悲风,萧萧愁杀人。"四句写诗人路经烽头，恰逢立春时节，冰河融泮，春寒料峭，诗人离家业已一年，归乡之念无时无刻不在噬咬着诗人，怎奈人在仕途，身不由己，家乡此时该也春阳融融，和风荡漾了吧。与妻子万里相隔，音尘迈绝，相思若长流水，何可遏阻？幸而她不见行役征战之苦，否则更会惹动她无限牵挂和不安。思及此，诗人不禁黯然垂泪，伤心于葫芦河畔。

诗写相思情愁。前二句写诗人自己。春阳萌动，惹人情愁，诗人于绝域荒塞思念妻子家人，理属当然。两个地理名词相对，塞外寒荒苍凉使诗人亲情之思分外沉重和急迫。"丈夫有泪不轻弹"，诗人逢立春，竟也黯然伤魂，情不可遏，其情之深可见矣。后二句由对面着笔，想像妻子在万里外思念自己。妻子睹春华盛景，是否也有"忽见陌头杨柳色，悔教夫婿觅封侯"（王昌龄《闺怨》）的遗恨？而诗人庆幸妻子未见征役跋涉之艰辛、战场杀伐之残酷，只是对月寄一份哀婉的相思，牵挂而用不着担忧生死之别离。诗人对妻子细腻深沉、滂沛真切的感情屡屡可见矣。唐汝询评此二句云："闺中徒能相忆耳，尚不见此沙场愁人之处，藉令见之，当更难为怀矣。"（《唐诗解》卷二十七）全诗未尝刻意精作，而以情动人，朴素自然而兴味悠远，风格哀婉深沉，含蓄蕴藉，虽有愁思，却不低沉压抑。

武威春暮闻宇文判官西使还已到晋昌

武威：郡名，又称凉州，天宝元年（742）改为武威，即今甘肃武威。据闻一多考证：天宝九载（750），高仙芝僚属曾因高仙芝欲拜为河西节度使而赶赴河西治所武威，后因高仙芝改职未行，岑参却滞留于此。宇文判官：见前《初过陇山途中呈宇文判官》注。盖宇文判官西使安西归来在晋昌途中。晋昌：郡名，即瓜州，在今甘肃安西县东。诗写听闻好友将至的欣慰惊喜之情。"片雨"，一作"岸雨"。"边树"，一作"边柳"。

片雨过城头，黄鹂上戍楼，
塞花飘客泪，边树挂乡愁。
白发悲明镜，青春换弊裘，
君从万里使，闻已到瓜州。

片雨过城头,黄鹂上戍楼,塞花飘客泪,边树挂乡愁——片雨:阵雨。城头:防卫戍守边塞的城楼。塞花:边塞春日飞舞的花絮。此四句写暮春之季的边塞风光和诗人的乡愁。暮春阵雨来也匆匆,去也匆匆,飘洒过武威城,送来阵阵清新气息。塞外杨柳枝繁叶茂,婆娑有致,黄鹂鸟鸣翠于其间,叽啾婉转,煞是好听。柳花团絮成球,驾着暮春春风荡漾缱绻,似点点离人泪,舞动着诗人缕缕乡愁。杨柳千丝万缕的长长垂条,似诗人延展绵长的愁思。绿色如海,乡愁也深。

白发悲明镜,青春换弊裘,君从万里使,闻已到瓜州——白发悲明镜:李白《将进酒》诗:"君不见高堂明镜悲白发,朝如青丝暮成雪。"弊裘:破损的暖裘。时已值暮春,才换下冬装,可见边塞的苦寒状。君:指宇文氏。万里使:形容出使之途极遥远。瓜州:唐时郡名,今之甘肃敦煌县。此四句写诗人感叹岁月蹉跎,年华已老,边塞行役未尝实现诗人建功立业的远大抱负,而只是青丝变白发,朱颜成暮齿。诗人亦由不得哀叹边塞苦寒,暮春方得换下弊裘,见点暖阳春光。忽闻旧友宇文氏出使安西将来到此,孤寂的愁绪顿时一扫而空,如这明媚的春光也和融一片,恰恰怡怡心。

此诗是诗人于第一次出塞时难得的几篇风格明快健朗的诗歌之一。前四句还乡愁滚滚,后四句因了朋友的将至,语势霎然间奔放洒脱。诗人欣慰之状宛然在目,亦可见出诗人按捺已久的孤寂感被暂时涤荡。三、四句"飘"字、"挂"字用字精妙,自然而有神韵,方回评其"与'孤灯然客梦,寒杵捣乡愁'同调"(《瀛奎律髓》卷三十),可谓识见。前后二段层次分明,圜转自如,边塞春光与诗人听闻佳讯的欣喜,糅合着乡愁弥荡在两层诗句间。纪昀评:"起四句洒然而来,语极新脆,结句只一对照便住,笔墨高绝。"(《瀛奎律髓刊误》卷三十)。

河西春暮忆秦中

河西指河西节度使,驻地在凉州(即武威,参见《武威春暮闻宇文判官西使还已到晋昌》注)。秦中:见《入蒲关先寄秦中故人》注。此诗当与《武威春暮闻宇文判官西使还已到晋昌》写于同时。诗所抒发的情感、所采撷的意象皆相似,可与前篇参看。

渭北春已老,河西人未归,
边城细草出,客馆梨花飞。
别后乡梦数,昨来家信稀,
凉州三月半,犹未脱寒衣。

渭北春已老,河西人未归,边城细草出,客馆梨花飞——渭北:长安在渭水北,此代指长安。老:指春暮。河西人:指岑参尚羁留武威,故称。边城:指武威郡。细草:嫩草。此四句写边城暮春景致。诗人想象家乡长安春意阑珊,花事已谢,而边城因处高寒西部,春色姗姗来迟,峥嵘于暮春。嫩草刚探头,毛茸茸爬满了原野,梨花飞瓣万点,如诗人似海愁深。

别后乡梦数,昨来家信稀,凉州三月半,犹未脱寒衣——数:频,多。此四句写诗人感怀。家乡——那被诗人千呼万唤、魂牵梦绕的地方,成了诗人于边塞行役生活中的唯一寄托。可是通讯不便,家信很难抵达,寥落的几封家信,也显得弥足珍贵。暮春的武威仍春寒料峭,冬裘在身。想家乡长安早已风和日丽,暖阳融融,诗人思乡情愁又悠悠升腾。

此诗情感用意、景物风致,并不见新意,可喜处在于对偶匀整,语句工新。古诗的古韵天成与律诗的对句严整有意无意间交会渗透,读来别有风致。三、四句点笔成趣,绘景形象,语言清新自然,浅淡而不失工致;后四句似诗人自道,亲切朴素,情能动人。

日没贺延碛作

贺延碛,又称莫贺延碛,在今哈密东南,广两千里。《新唐书·吐蕃传》:"高宗时有司无状,弃四镇不能有,而吐蕃遂张入焉耆之西,长鼓右驱,逾高昌,历车师,钞常乐,绝莫贺延碛,以临敦煌。"此诗是诗人天宝八载(749)冬赴安西幕府途经莫贺延碛时所作。

沙上见日出,沙上见日没。
悔向万里来,功名是何物?

沙上见日出，沙上见日没——这两句写沙漠生活的单调乏味，缺少变化。意思是每天看到太阳从沙漠升起，又从沙漠落下，放眼所见除了黄沙之外一无所有，一切都恍若凝固了一般。

悔向万里来，功名是何物——万里：极言其遥远。《文选》卷二十二鲍明远《行药至城东桥一首》："争先万里途，各事百年身。"这两句诗人表达了为功名却远赴万里之外，忍受着大漠生活，实在不值得，故而心生悔意。

一个人的抱负和追求无论如何坚定、执著，大概都难免有时候会动摇，甚而怀疑和否定；尤其是当抱负与追求在暂时的失意与挫折面前显得遥不可及时，就更是如此；岑参此诗也可作如是观。本来，岑参志向远大，想立功边塞，报效国家。在《武威送刘单判官赴安西行营便呈高开府》中曾宣称："功业须及时，立身有行藏，男儿感忠义，万里忘越乡。"但在这里，岑参却说"悔向万里来，功名是何物"，将眷恋家园之情放置于天平的另一端，用以衡量功名的重量，从而否定一直以来所追求的功名。如此率直却未必真实地表达对功名的否定，这反映了岑参作为诗人内心感情细腻而丰富的另一面。比之高适，岑参更为感性，他的心里始终萦绕着对家园的眷恋。我们从其名诗《逢入京使》"故园东望路漫漫，双袖龙钟泪不干。马上相逢无纸笔，凭君传语报平安"中，便不难体会这种感情。在许多时候，在平常的情况下，这种感情未必会强烈到与功名尖锐冲突的程度，但离家万里、日复一日地重复着寂寞枯燥的生活时，这种感情就会被夸张、放大地表现。当然，前提是诗人情感的丰富细腻，岑参恰恰就是这样的诗人。

从艺术上说，此诗头两句写景，着意于表现沙漠亘古不变、单调乏味的生活，似乎除了一"出"一"没"之外，再无变化一样。有意思的是，诗在语言形式上也相应地采取重复的句式，更突出和强化了写景的效果。从中不难体会到，虽是写景，其实感情已经隐含其中，为后两句的抒情，作了铺垫。后两句在抒情时不加掩饰地肆口而发，固然有诗人性情率真的因素，其实也暗示我们，这种日复一日的大漠生活使诗人精神受到的影响也日复一日地增大，而越发变得难以承受。因此，此诗虽短小却颇耐咀嚼。

武威送刘单判官赴安西行营便呈高开府

题解

刘单判官：据《唐才子传·丘为传》："天宝初,刘单榜进士。"《旧唐书·高仙芝传》中记高仙芝做安西行营节度使时,刘单曾做他帐下幕僚。判官：唐节度、观察、防御诸使,都有判官,是地方长官的僚属,佐理政事。此诗盖作于刘单做高仙芝属下判官时。行营：军队出征作战临时驻扎地。高开府：指高仙芝。《旧唐书·高仙芝传》记高仙芝,因边功"(天宝)九载入朝,拜开府仪同三司"。开府仪同三司,简称开府,官阶一品,仪制同三公。此诗写岑参留在武威,刘单将赴安西治所,故岑参并此信以呈驻于安西治所的高仙芝。诗兼送行与呈献为一体,规模宏大。"黄金光",一作"金光扬"。

热海亘铁门,火山赫金方,
白草磨天涯,胡沙奔茫茫。
夫子佐戎幕,其锋利如霜,
中岁学兵符,不能守文章。
功业须及时,立身有行藏,
男儿感忠义,万里忘越乡。
孟夏边候迟,胡国草未长,
马疾过飞鸟,天穷超夕阳。
都护新出师,五月发军装,
甲兵二百万,错落黄金光。
扬旗拂昆仑,伐鼓震蒲昌,
太白引官军,天威临大荒。
西望云似蛇,戎夷知丧亡,
浑驱大宛马,系取楼兰王。
曾到交河城,风土断人肠,
塞驿远如点,边烽互相望。
赤亭多飘风,鼓怒不可当,
有时无人行,沙石乱飘扬。
夜静天萧条,鬼哭夹道傍,

地上多髑髅，皆是古战场。
置酒高馆夕，边城月苍苍，
军中宰肥牛，堂上罗羽觞。
红泪金烛盘，娇歌艳新妆。
望君仰青冥，短翮难可翔，
苍然西郊道，握手何慨慷。

热海亘铁门，火山赫金方，白草磨天涯，胡沙奔茫茫——热海：《新唐书·西域传》："由勃达岭北行赢千里，得细叶川，东曰热海，地寒不冻。"即今伊塞克湖，在今吉尔吉斯共和国境内。亘：横亘。铁门：见《银山碛西馆》注。火山：见《经火山》注。赫：照亮。金方：西方。五行方位配置，西方属金。白草：又称芨芨草，为西域所产牧草，生沙土荒漠中，茎坚韧高大，熟时呈白色。磨：接近，指草原一望无际，至于天边交际处。胡沙：胡地沙漠。奔茫茫：此处指沙漠绵延向前，白茫茫似无尽头。此四句用夸张笔法极写边域莽阔壮美的地貌环境。热海铺伏横亘铁门关（按：热海与铁门关相距甚远，此处岑参有意夸大空间的深广，有想象之意，不必凿实），火焰山赫赫分明于西方（山离武威也极远），白草绵延万里，一直触摸到遥远的天际，与天交磨细语着一个亘古幽秘的天地神话，茫茫浩淼的沙漠如起伏蜿蜒的白色海涛奔向前方。

夫子佐戎幕，其锋利如霜，中岁学兵符，不能守文章——夫子：对刘单的尊称。利如霜：剑锋利锐，且洁净清白。此处用于比喻刘单佐助高仙芝，才华横溢，锋芒不隐，且为人坦荡清明。中岁：中年。兵符：兵书。《史记·五帝本纪》："正义曰：'天遣玄女下，授黄帝兵符，伏蚩尤。'"守文章：指安于笔墨诗书生活。此四句写刘单辅助高仙芝，其卓越超群的军事才能，其正义不苟的坦荡胸襟使得他成为高仙芝属下得力的股肱之材。刘单不安于经书、笔墨生活，不愿做文弱书生，而甘心驰骋疆场，洒血边域，做一叱咤风云的勇士将军。这反映了盛唐士人普遍的精神面貌和价值追求。

功业须及时，立身有行藏，男儿感忠义，万里忘越乡——立身：树立己身。《古诗十九首》之十一："盛衰各有时，立身苦不早。"行藏：《论语·述而》："用之则行，舍之则藏。"行为出仕，藏为退隐，同于"达则兼济天下，穷则独善其身"。越乡：远离乡土。此四句为诗人对刘单的谆谆劝勉，语重心长。人生如白驹过隙，忽焉而死。建立功业，当须及时。古人有"何不策高足，先据要路津"，即为此意。立身行藏当止于道义，达则兼济，穷则独善，做一光明磊落、出处有节的抱道君子。男儿立身四海，保家卫国，建立功名，当不辞万里，不以小的顺养阻碍君臣的忠义大节。

孟夏边候迟，胡国草未长，马疾过飞鸟，天穷超夕阳——孟夏：夏季的第一个月。边候：边地气候。胡国：胡地，指边塞。此四句前写边域姗姗来迟的节气，至初夏，草木犹自短芽，后写边地辽阔，四望无垠。马可疾驰，其速快比飞鸟。天亦高远苍茫，伸延到夕阳的后面。

都护新出师，五月发军装，甲兵二百万，错落黄金光——都护：见《初过陇山途中呈宇文判官》注。此处指高仙芝。新出师：《资治通鉴》卷二一六："天宝十载四月高仙芝之虏石国王也，石国王子逃诣诸胡，具告仙芝欺诱贪暴之状，诸胡皆怒，潜引大食，欲共攻四镇，仙芝闻之，将蕃汉三万众击大食，深入七百余里，至恒罗斯城与大食遇，相持五日，葛罗禄部众叛，与大食夹攻唐军，仙芝大败，士卒死亡殆尽，所余才数千人。"此诗当作于高仙芝刚出兵时。军装：整装待发的军队。二百万：据《通鉴》言这次出兵为三万，两《唐书》为二万。此为夸张语。错落：纷披交错。黄金光：指铠甲兵器在阳光照射下闪烁光芒。此四句转写高仙芝。高都护奋勇西陲，保疆卫国，百万雄师，整装待发，铠甲鲜明，刀光剑影，气势雄壮，威风赫赫。

扬旗拂昆仑，伐鼓震蒲昌，太白引官军，天威临大荒——扬旗：飘扬的战旗。昆仑：昆仑山，见前《胡笳歌送颜真卿使赴河陇》注。此处与下之蒲昌，战场位置皆不必作实。蒲昌：见《经火山》注。太白：太白金星，一名启明星。传说太白星主杀伐。《汉书·天文志》："太白，兵象也。……出则兵出，入则兵入，象太白吉，反之凶。"太白引官军，是为吉象。天威：大唐威风。大荒：指边塞。此四句为岑参想象的战争场面。战旗飘飘，挥扬出没于昆仑山脉，战鼓动地震天，喧声鼓荡在蒲昌郡。太白星吉光高照，引领唐军，大唐王朝不可一世，其高扬的士气、国风使边陲诸国亦为之噤声俯伏。

西望云似蛇，戎夷知丧亡，浑驱大宛马，系取楼兰王——云似蛇：《初学记》卷一《兵书类》："有云如丹蛇随星后，大战杀将。"故有后之"戎夷知丧亡"之句。此为古代天文占象术。戎夷：犬戎、夷狄，对西边少数民族的蔑称。浑：全。大宛：汉代西域国名，北通康居，西南临大月氏，以盛产马著名。楼兰：汉代西域国名，在今新疆若羌县东北。汉武帝时曾俘其王。此四句亦为诗人预示高开府出师大捷。从西方委蛇细琐的云象看，必知戎夷战败，唐军大胜。高唱战歌，凯旋而归的雄兵义士，可尽驱大宛宝马，俘取胡地小国君主。

曾到交河城，风土断人肠，塞驿远如点，边烽互相望——交河城：又名西州，天宝元年改西州为交河郡，在今新疆吐鲁番一带，治所在高昌，今吐鲁番东南达克阿奴斯城。塞驿：边塞官驿。边烽：边塞烽火台，用以报警的土堡哨所。此四句转写岑参曾亲到边城交河郡,那儿风物更是凄凉萧瑟,寒荒一片,睹之足断热肠。驿站星星点点远远分布于荒无人迹的高原沙漠间,烽火台凄凉寂寞如孤魂野鬼峭立一方,遥遥相望。

赤亭多飘风,鼓怒不可当,有时无人行,沙石乱飘扬——赤亭:即赤亭守捉。《新唐书·地理志》:伊州纳职县(今哈密县西南)"西经……三百九十里有罗护守捉,又西经达匪草堆,百九十里至赤亭守捉,与伊、西路合"。约在今新疆吐鲁番附近。守捉,唐边防军队戍边,大曰镇,小曰守捉。飘风:旋风。鼓怒:暴怒,指狂风大作之状。此四句写边地风候。塞外高原天气,多飙风,其风鼓荡之时,飞沙走石,扬尘万里,遮天蔽日,势不可挡。

夜静天萧条,鬼哭夹道傍,地上多髑髅,皆是古战场——天萧条:指天高远肃明。髑髅:死人骨,此指战场尸体狼藉,横尸遍野。此四句写战后战场的凄凉可怕。白天战争的喧腾叫嚣,刀光剑影,此时黯然萧条下来,天静穆高远,无动于衷地看着人间纷争,野狐幽幽出没,哀鸦盘旋鸣号,战场上尸陈狼藉,鬼火幢幢,阴森可怖。

置酒高馆夕,边城月苍苍,军中宰肥牛,堂上罗羽觞。红泪金烛盘,娇歌艳新妆——月苍苍:月色灰白惨淡之状。羽觞:两侧有耳似翼的酒器。此四句写战事告捷后军中大摆庆功宴的场面。亦为岑参的虚构笔法。夕阳落山,苍苍月亮挂上边城,置酒高馆,杀猪宰牛,觥筹交错,欢声雷动,轻歌曼舞,红烛高照,其乐融融。

望君仰青冥,短翮难可翔,苍然西郊道,握手何慨慷——君:指刘单。青冥:天。短翮:短的羽翅。岑参喻比自己才能短疏。苍然:苍茫渺远的样子。西郊:武威城西。慨慷:慷慨。曹操《短歌行》:"慨当以慷,忧思难忘。"此四句写为刘单送行,并送上诗人的殷殷祝福。诗人希望刘单鸿图再展,青云直上,自己短翮难举,只得低回草野。送君西郊,四望苍茫,但以慷慨高歌,洒泪而别。

全诗共五十句,层次分明,思路清晰。前段从开头到"天穷超夕阳",为送别刘单而作。诗人对刘单弃文从武,建功立业,效力边防,给予肯定和鼓励,间有对边塞自然风光的特写,如前四句用夸张、放大的地理位置虚写和直观生动的形象把握描绘塞外壮伟莽阔、苍茫辽远的地貌特点;写草原广袤延伸至天边,用"磨"字;写沙漠如流,起伏向前,用"奔"字,巧妙新奇又恰切入理,诗歌的形象性、画面性得以凸现。中段从"都护新出师"到"系取楼兰王"为呈高仙芝。高仙芝正运筹帷幄发动战争,诗人预祝他旗开得胜,首战告捷。此段写得高昂振奋,渲染出战争场面的悲壮宏伟、惊心动魄。后段从"曾到交河城"至末,写诗人虚拟的战后战场和唐军的庆功宴,中间插有对边塞风土的描写。战场的尸陈狼藉,鬼火幢幢与帐中的酣歌醉饮形成鲜明对照。最后又归结到为刘单的饯行和临别祝福。全诗张弛有度,洒脱奔放而合于节,有粗笔有细描,有大背景的渲染夸张,有小细部的谨雕慎琢,多种环境氛围的描写,如边塞壮丽风光、战场的宏大悲壮及阴森惨烈,军帐中的轻歌曼舞,显示出诗人驾驭多种艺术风格的高超技艺。行文挥洒自如,气势奔放,峻健浑郁,激昂慷慨,声情并茂,风骨端翔,已显出岑参边塞诗的本色。

武威送刘判官赴碛西行军

刘判官:见前《武威送刘单判官赴安西行营呈高开府》注。碛西:即安西四镇节度府。《唐会要》卷七十八:"(开元)十二年(724)以后,或称碛西节度,或称(安西)四镇节度。"行营:军营。此诗当与前诗作于同时。以四句短章为刘单送行,同时赞美高仙芝行营威震西陲。诗作主旨与前诗也相同。

火山五月人行少,看君马去疾如鸟。
都护行营太白西,角声一动胡天晓。

火山五月人行少,看君马去疾如鸟。都护行营太白西,角声一动胡天晓——疾如鸟:形容马去之疾。都护:指高仙芝。太白:见前《武威送刘单判官赴安西行营呈高开府》注。角声:军中号角。胡天:指西域。四句写西去安西,当经火山,一路高热干燥,行人稀少,刘单健马如飞,迅疾如鸟,路途遥远,艰苦卓绝。安西都护府远在西极,那儿有太白金星照耀,吉光赫赫,威震西陲。军中号角,破晓而吹,其声划破静夜,响彻天宇。

全诗节奏明快,运笔奔放自如,用韵自然,活泼流畅。前为送别刘判官,写行途,写健马,点到为止,画面形象性强,引人遐想。后写安西都护的行营生活,高旷辽远,运笔轻灵,富有韵致。

与高适薛据登慈恩寺浮图

薛据:盛唐诗人,河中宝鼎(今山西万荣)人,开元十九年(731)中进士。慈恩寺:《长安志》云:"慈恩寺,在(万年)县东南八里,高宗作太子时为其母文德皇后立,故名慈恩。……浮图七级,崇三百尺,永徽三年(652)沙门玄奘所立。"为当时长安名胜,在今西安市南郊。浮图:梵语音译,意为佛塔,指慈恩寺内的大雁塔。此诗作于天宝十一载(752)秋,岑参与杜甫、储光羲、高适、薛据同游慈恩寺,高、薛先赋诗,后岑、杜、储和作,薛据诗已佚。高适有《同诸公登慈恩寺浮图》、杜甫、储光羲皆作《同诸公登慈恩寺塔》,可参看。本诗一题《与高适薛据同登慈恩寺》。

全诗写慈恩寺的高峻及其四周景物。"夙所宗",一作"夙所崇"。"无穷",一作"与穷"。

塔势如涌出,孤高耸天宫。
登临出世界,磴道盘虚空。
突兀压神州,峥嵘如鬼工。
四角碍白日,七层摩苍穹。
下窥指高鸟,俯听闻惊风。
连山若波涛,奔凑似朝东。
青槐夹驰道,宫馆何玲珑。
秋色从西来,苍然满关中。
五陵北原上,万古青濛濛。
净理了可悟,胜因夙所宗。
誓将挂冠去,觉道资无穷。

塔势如涌出,孤高耸天宫。登临出世界,磴道盘虚空——塔势句:形容塔势高耸之状。《法华经》:"尔时佛前有七宝塔,高五百由旬,纵广二百五十由旬,从地涌出。"天宫:天上宫殿,形容塔高可摩挲到天。出世界:高出世界之外。《楞严经》:"世为迁流,界为方位。"世指时间,界为空间,世界即宇宙。磴道:石阶。此四句写塔势之高。塔若破地涌出,直插高空,孤立突兀,直可摩挲天际。塔阶盘曲缭绕于半空中,上临之俯瞰尘世,若超然世外,飘飘若仙。

突兀压神州,峥嵘如鬼工。四角碍白日,七层摩苍穹。下窥指高鸟,俯听闻惊风——突兀:形容塔高耸陡立之状。神州:战国稷下学派驺衍称中国为赤县神州,后常以"神州"称中国。峥嵘:高峻的样子。鬼工:鬼斧神工,形容塔所建超乎人工所能为。四角:塔顶翘起的四角,大雁塔为方形,塔的四周都有曲檐。七层:大雁塔原本六级,后曾遭毁坏,武则天时重修成七层。苍穹:苍天。六句写塔高耸峻险,巍然矗立于神州大地上,其造作建设之精雅绝伦、峻伟壮丽超乎人工所能,若鬼斧神工。塔的四角翘起,几可蔽日,七层几可摩天。站在塔上,低头可见穿云破雾的高鸟,俯身倾听,惊风飒然,动人心魄。

连山若波涛,奔凑似朝东。青槐夹驰道,宫馆何玲珑——连山句:形容山脉蜿蜒起伏之状如波涛汹涌。奔凑:奔流凑集。驰道:天子舆辇经行之道。宫馆:天子的离宫别馆。玲珑:形容宫殿建设的玲珑精雅。此四句写登临塔上远瞻之景。长安市外山脉连亘盘绕,蜿蜒起伏,如波涛汹涌向前,奔流注入东海。远处天子的离宫别馆,玲珑有致,美轮美奂。青色的槐树夹道而植,环卫着驰道,像忠实勤恳的侍卫。

秋色从西来,苍然满关中。五陵北原上,万古青濛濛——秋色句:西方,五行属金,四季主秋,故有此说。苍然:青色而略显萧瑟之气,当指初秋的颜色。关中:指陕西中部地区。五陵:指汉代高祖长陵、惠帝安陵、景帝阳陵、武帝茂陵、昭帝平陵,都在渭水北岸,合称五陵。北原:渭北平原。青濛濛:苍青迷蒙。此四句写远观环境氛围,并隐有诗人感受。萧索肃杀的秋之气息从西方渐浸渐近,长安一带已弥漫浸染上它衰杀的颜色,浓醉的绿带上了疲惫沧桑的墨色。远看渭北五陵原上,青濛濛的迷离苍茫,让人浑然升起莫名的苍凉感。

净理了可悟,胜因夙所宗。誓将挂冠去,觉道资无穷——净理:指佛理。佛教清净修行,不染尘欲,故称。了可悟:了悟,彻悟人生真谛。胜因:佛教语,即善因。夙:早,向来。誓:发愿。挂冠:指弃官归隐。《后汉书·逸民传》:"逢萌,字子庆……王莽杀其子宇,萌谓友人曰:'三纲绝矣,不去祸将及人。'即解冠挂东都城门,归将家属浮还,客于辽东。"觉道:觉悟正道,指佛家彻悟宇宙最高真理,达到正等正觉的佛的境界。资:助成。此四句写诗人登佛塔的感受。佛教清净精深的教理,闻之如醍醐灌顶,让人豁然洞悉人间一切蝇营狗苟、利欲熏心的苟且,诗人宿慧天成,本清凉心境,无有染尘,何必羁縻滔滔红尘被功名利禄所俘,做一案上鱼肉,生杀由人,愿挂冠而去,隐居田园,以胜理正教聊慰平生夙愿,悠悠于无欲无求的人生境界里。

此诗描写了慈恩寺大雁塔及其四周风物环境。诗人慨叹于塔的高峻伟岸,不惜笔墨从各个角度、调动多种艺术手法来描绘;尤其喜用动词,将塔高给人的威压感和突兀耸立的直觉感受逼真形象地展现出,给人以身临其境的深刻印象。背景的处理也声、色俱佳,画面动感很强,结尾四句表达登临佛塔的感悟,由情景而转入佛理,又升华了诗境。

题李士曹厅壁画度雨云歌

【题解】

李士曹:高适有《观李九少府翥树宓子贱神祠碑》、《同李九士曹观壁画云作》及《同崔员外綦母拾遗旧日宴京兆府李士曹》,当为同时和作,知李士曹指李翥。士曹:府尹属官。厅壁画度雨云:院中屏壁上画有度雨云的画。歌:指歌行体,此处为短章。诗为题画诗,可与高适诗参看。

　　似出栋梁里,如和风雨飞。
　　掾曹有时不敢归,谓言雨过湿人衣。

【新解】

似出栋梁里,如和风雨飞。掾曹有时不敢归,谓言雨过湿人衣——首句指画中云朵似出自屋之梁柱。掾曹:掾与曹同为属官,此处指李翥。四句写壁画中云朵团团逐对,缭绕盘旋,似从栋梁中出来,好似和着风雨一齐飞出,其轻灵飘逸之状宛然在目。李士曹睹此,直有若幻似真,弄假成真感,竟踟蹰门外不敢过此,恐怕将有阵雨当真从画中飞洒下来。

【新评】

此诗短短四句,抓住画的逼真宛如的特点,形神兼备地描绘了云的轻灵飘洒的神韵和风姿,后二句尤其巧妙新颖,诗人不言画的逼真生动,而以李翥畏真的言行反面衬托,用笔自然活泼,摇曳生姿,而意象端呈。

终南双峰草堂作

【题解】

此诗作于岑参从安西回到长安后的天宝十一、二载(752、753),诗人僻居终南山,过着半官半隐的生活。双峰草堂:指诗人在终南山的隐居住所,因面对两峰,故名。诗写息心山林,步月追风,渔樵田猎,悠哉乐哉的隐逸生活,可代表诗人当时的心境。"但见",一作"但与"。"精庐近",一作"近精庐"。"数预",一作"屡得"。诗题一作"终南两峰草堂",或"终南山双峰草堂作"。

　　敛迹归山田,息心谢时辈,

昼还草堂卧,但见双峰对。
兴来恣佳游,事惬符胜概。
著书高窗下,日夕见城内。
曩为世人误,遂负平生爱。
久与林壑辞,及来杉松大。
偶兹精庐近,数预名僧会。
有时逐樵渔,尽日不冠带。
崖口上新月,石门破苍霭。
色向群木深,光摇一潭碎。
缅怀郑生谷,颇忆严子濑。
胜事犹可追,斯人渺千载。

敛迹归山田,息心谢时辈,昼还草堂卧,但见双峰对——敛迹:收敛形迹,不与于世,指归隐。息心:静虑尘念,安止心神。谢:辞别。时辈:指仕宦者。此四句写诗人摆脱尘劳,敛迹收光,退隐泉林,以渔樵为乐,高卧草堂,抬头悠然见终南山的双峰遥遥相望,气虚风清,山涵天朗,心神顿时为之清凉几许。

兴来恣佳游,事惬符胜概,著书高窗下,日夕见城内——恣:任性。事惬:事事惬意。符:合于。胜概:美景。四句写诗人每当兴之所至必乘兴而游,任情山水,乐而不返,于田园美景中暂息尘劳,心境也开朗明快起来。高卧草堂,闲来著书叙志,虽蓬门荜户,亦悠哉乐哉。长安城迷蒙在东北处,抬头可见。

曩为世人误,遂负平生爱,久与林壑辞,及来杉松大——曩:从前。负:辜负。平生爱:指禀性所好的清净闲适的田园生活。此四句写以前耽于尘世功名利禄,羁于宦途多年,而辜负自己禀性所好的清净恬淡的田园之乐,与山林泉壑一别多年,再来时松杉已蔚然成林,高可参天。

偶兹精庐近,数预名僧会。有时逐樵渔,尽日不冠带——偶兹:值此。精庐:即佛寺。预:参与。樵渔:砍柴打猎者。冠带:戴帽束带。此四句写诗人草堂刚好挨近佛寺,每当寺院举行庙会法事活动,诗人也有幸参与,乐而往从。隐居生活摆脱官务和人事的是是非非,诗人寄情于山水自然中,啸傲山林,散发弄扁舟,过着无羁无绊,放浪任我的生活。

崖口上新月,石门破苍霭,色向群木深,光摇一潭碎——崖口:指终南山中石鳖崖,又称石鳖谷,位于高冠谷东边。石门:指终南山中的石门谷。破:划开。苍霭:指山中缭绕的夜晚的雾霭。此四句刻画草堂附近的景物。石鳖崖上一弯新月悄无声息地探着头,石门谷弥漫的夜雾,在月光下分明挺立着,丛丛幽邃的树林包裹着黑暗,渲染着墨色,月光如泻,摇碎了一潭池水的宁静,推皱出一片片细碎如玻璃的银光。

缅怀郑生谷,颇忆严子濑,胜事犹可追,斯人渺千载——郑生谷:西汉郑朴,谷口人,修道静默,高尚其志,隐于山崖之下,世称其清高。此处指郑朴隐居的山谷。严子濑:见前《宿关西客舍寄东山严许二山人》注。胜事:指郑、严二人高尚其志、抱道隐居的人生模式。斯人:指郑、严二人。渺:远。此四句写于此胜景,诗人追怀景仰的却是那些安贫乐道、不事王侯的守道君子,西汉的郑朴、东汉的严光,足可成为诗人千载之上的楷模和典范。

诗写隐居之乐。诗人从安西归来,边塞的荒凉风土、匆忙又残酷的军战生活,使人不堪回首。乍回田园,见清风明月,步山林溪濑,渔钓自乐,啸傲江湖,著书高窗,悠然对山,诗人似出笼的林间鸟欢快歌颂着自由。诗人对隐居生活的悠然神往也是唐代士人以隐居之清名、走"终南捷径"的心理反应。统观岑参作品,其人生执着、仕宦执着使他不会耽于清冷恬淡的隐士生活,大唐盛世之音更无时无刻不在召唤着士人蠢蠢欲动的功名欲望。他们的隐居是曲线从仕,同生于忧患、道不可行而乘桴浮于海的末世君子,如陶渊明、徐孺子者,有本质上的差异。故岑参此诗写隐居,不是暗淡萧索,也不是清虚冲漠,而有着明快清新的盛唐气息的注入,有偶见端倪不堪清冷的造作矫饰。诗人的田园之乐只是一时兴会,他是站在旁观者的角度,以自我欣赏的姿态凌驾于大自然之上,不能与它有恬漠会心,也难能将自己的情趣、用心、人生价值和理想,甚至对道的膜拜寄托于大自然,故而与陶渊明的田园诗中冲淡真淳、天然浑朴的风格不同。此诗崖口四句绘景空灵幽邃,意境玲珑,色、光变换摇曳,动中有静,静中有动,突现着夜景的深、幽、清、静,见出岑参诗写景的不凡工力。

终南东溪口作

此诗当与上篇作于同时,诗写隐居生活的恬淡自适和田园胜景。

溪水碧于草,潺潺花底流,
沙平堪濯足,石浅不胜舟。
洗药朝与暮,钓鱼春复秋,

兴来从所适，还欲向沧洲。

溪水碧于草，潺潺花底流，沙平堪濯足，石浅不胜舟——碧：碧绿。潺潺：溪水流泻声。堪：能。濯：洗。胜：承受，读平声。此四句描写田园的秀丽风光，田间小溪水声潺潺，蜿蜒向前，其色堪比碧玉，清冽油润，直视无碍，岸旁野花随风摇曳，自开自落，大自然清新如许，令人尘念顿消。平展白净的沙岸可尽人踏足栖息，水清浅只可浮游细鱼，难能行驶粗笨沉重的舟船。

洗药朝与暮，钓鱼春复秋，兴来从所适，还欲向沧洲——沧洲：古代常以之借比隐居地。此四句写隐逸生活的恬淡自适。溪头洗药，湖边渔钓，兴来乘之，兴尽返，无拘无束，无挂无碍，隐居生活虽清贫寡有，却其乐融融。

诗为田园题材，具有田园诗的那种优游闲逸、平淡自适的风格，语言也明白如话，平易自然，即景即情，清新明秀，有画面的浑圆美。中间两联取对匀整，婉转入情。岑参虽以边塞诗著称，然这首诗却颇得田园诗三昧，堪比王（维）、韦（应物）。

送祁乐归河东

祁乐：即祁岳，盛唐画家。河东：唐郡名，在今山西永济县西。诗写祁乐的仕途失意和远行从幕的辛苦，也表达出诗人对好友的同情和依依惜别的友谊。"生清风"，一作"升江风"。"为谢五老翁"，一作"为君谢老翁"。

祁乐后来秀，挺身出河东，
往年诣郦山，献赋温泉宫。
天子不召见，挥鞭遂从戎。
前月还长安，囊中金已空。
有时忽乘兴，画出江上峰。
床头苍梧云，帘下天台松。
忽如高堂上，飒飒生清风。
五月火云屯，气烧天地红，

鸟且不敢飞，子行如转蓬。
少华与首阳，隔河势争雄。
新月河上出，清光满关中。
置酒灞亭别，高歌披心胸，
君到故山时，为谢五老翁。

新解

祁乐后来秀，挺身出河东，往年诣郦山，献赋温泉宫。天子不召见，挥鞭遂从戎。前月还长安，囊中金已空——后来秀：后来俊才。《晋书·王忱传》："范宁谓曰：'卿风流隽望，真后来之秀。'"诣：到。郦山：为长安名胜，唐玄宗常游幸于此，在今陕西临潼县东南。献赋：唐文人多以赋呈献皇帝以求取功名。温泉宫：建于郦山上的玄宗的离宫别馆。《元和郡县志》卷一："华清宫在郦山上，开元十一年初置温泉宫，天宝六年改为华清宫。"此六句写祁乐为青年才俊，不可小觑，曾远游长安干禄求宦。来到郦山，投赋于天子脚下，然而祁乐空怀经世济国的卓越才干和豪情，难得君臣遇合。天子既不召见，男儿踬蹶垂翅于一时，岂能长顾颔于一世？拔剑从戎，挥鞭沙场，建军功保边疆，更显男儿本色。上月方回长安，囊中金尽，衣裘敝坏，却更英姿飒爽，英气逼人。

有时忽乘兴，画出江上峰。床头苍梧云，帘下天台松。忽如高堂上，飒飒生清风——苍梧：山名，在今浙江天台县北。此处苍梧、天台均为借指。此六句写祁乐画之出神入化，栩栩如生。祁乐每当兴之所至，必挥毫作画，点染成幅。其画用笔饱满洒脱，意会兴到，一气呵成，用势酣畅淋漓，气韵生动。画中山峰，云团雾绕，直似床头生出。青松巍巍，轻盈端秀，有若帘下峭立。恍惚间厅堂清风骤起，令人心神为之一振。

五月火云屯，气烧天地红，鸟且不敢飞，子行如转蓬——屯：聚集。子：祁乐。转蓬：蓬草秋尽茎枯，其蓬随风飘转，故名。此四句写祁乐赴河东征程之苦。夏历五月火云屯结，热浪排空，天地间充盈滞塞的是干热难耐的热气。于此，鸟也知纳凉于蔽阴之所，苟息残喘，而好友祁乐却行如转蓬，独自飘零于途中。

少华与首阳，隔河势争雄。新月河上出，清光满关中——少华：山名，在陕西华阴县东南。首阳：山名，即雷首山，在山西永济县，属河东之地。河：指黄河，华山与首阳山夹黄河对峙。清光：指月亮清明淡净之光。关中：指陕西中部地区。四句写少华山与首阳山隔黄河对峙，其势皆巍峨雄壮，难分轩轾。新月系钩中天，清明纯净，银光挥泻，普照关中。

置酒灞亭别，高歌披心胸，君到故山时，为谢五老翁——灞亭：灞陵的亭子。

灞陵见《喜韩樽相过》注。李白《灞陵行送别诗》："送君灞陵亭，灞水流浩浩。"披：敞开，披露。故山：祁乐家乡在河东，故有此说。五老翁：传说中尧时五位升天的仙人。《元和郡县志》卷十二："五老山在(永乐)县东北十三里。尧升首山，观河渚，有五老人飞为流星，上入昴。因号其山为五老山。"山在今山西虞乡县西南。此四句写置酒灞陵亭，为祁乐送行。诗人没有小儿女故作的缱绻低回状，高歌一曲，披洒英雄心怀，慷慨激昂，令人肃然起悲壮感。诗人并嘱托祁乐至河东后，当去五老山瞻仰五老翁的仙风遗迹，以示对他们的悠悠神往和钦羡之情。

唐汝询说："此伤祁乐之不遇也。"(《唐诗解》卷九)诗人对祁乐的怀才不遇表示同情，对他踯躅草野，不为朝廷重用表示愤懑不平，其中也寄予了岑参自己的身世蹭蹬之感。但全诗格调并不低沉黯淡，幽怨凄迷，而是健朗明快，清新如风。盛唐昂扬向上，乐观开放的文化心理，使他们虽处人生不得意时，也一样有健康积极的人生态度。全诗用笔奔放挥洒，意气风发，韵律起伏有致，自然流畅，语言浑朴古茂，气骨劲峻而不事精雕。唐诗继承汉魏古诗，重风骨神骏，气象浑成，岑参作为边塞诗的代表诗人更是对其心领神会。

与鄠县源少府泛渼陂

鄠县：在长安东南，今作户县。源少府：未详何人。少府，县尉的别称。渼陂(bēi)：古湖名，在陕西鄠县西五里，受终南山之水，合胡公泉为陂，西北流入涝水，以鱼美得名。诗写渼陂旖旎风光及众宾泛游之乐。

　　载酒入天色，水凉难醉人，
　　清摇县郭动，碧洗云山新。
　　吹笛惊白鹭，垂竿跳紫鳞，
　　怜君公事后，陂上日娱宾。

载酒入天色，水凉难醉人，清摇县郭动，碧洗云山新——入天色：水天一色，乘船入湖中，故曰入天色。水凉难醉人：言渼陂水之凉即使酒之热气亦难祛除。清：指水之清。县郭：县，鄠县；郭，外城。山：指终南山，终南山在鄠县西南。此四句写渼陂之景。诗人与源少府等众宾泛游渼陂，载酒助兴，渼陂湖光山色，风光旖旎,水天茫茫,气虚岚轻。船在湖中,犹游于空中,犹荡漾于永恒无限的时空中,让你悠然间恍惚有"天地与我合一,万物与我为一"的神游。于此良辰美景,赏心乐事,宾友摆宴置酒,开怀畅饮。水凉咋肌,如凉玉沁人,酒热亦难涤荡。远处城郭云烟蒙蒙,傍湖而居,水之波光潋滟,汪洋一片,似摇动山城,与之起伏跌荡。水清如碧,清虚之气直浸满了整个云天,让心神亦为之一荡,清凉如许。

吹笛惊白鹭,垂竿跳紫鳞,怜君公事后,陂上日娱宾——白鹭:鸟名。垂竿:钓鱼。紫鳞:指鱼。君:指源少府。陂:泽畔障水之岸。此指溪陂。前二句写众宾的游钓之乐。潇潇溪陂,云烟苍茫,横笛一曲,悠悠扬扬,音之清越,惊起一行白鹭,高举双翻,直冲青天。垂竿渔钓,游鳞泼刺雀跃。后二句言源少府公事之余,娱宾同乐,泛游溪陂,甚可敬爱。

新评

此诗写一次泛舟之游。前写景,后叙游乐,三、四句将水之清碧,一泻汪洋,水天一色,清虚苍茫之形态用一"摇",一"洗"两个字眼翻出,空灵洒落,意境杳深。同时诗人着笔颇注意画面的色泽美感,秋水共长天一色,清、碧、白鹭、紫鳞,组成一幅意象多层、鲜明生动且和谐完美的图画,增加了诗歌的视觉美感。

梁园歌送河南王说判官

题解

梁园又称梁苑、兔苑。西汉梁孝王所筑的东苑。葛洪《西京杂记》卷二:"梁孝王好营宫室苑囿之乐,作曜华宫,筑兔园,奇果异树,瑰禽怪兽毕备。"当时文人如司马相如、枚乘等曾为座上客。在今河南开封市东南。歌:歌行体。河南:唐划分全国为十五道,河南道理汴州(今河南开封市)。王说:人名,同"悦",其人不详。判官:见《武威送刘单判官赴安西行营呈高开府》注。诗即抒发一种悼古情怀,也以之寄呈友人,寓意深婉。

君不见梁孝王修竹园,颓墙隐辚势仍存,
娇娥曼脸成草蔓,罗帷珠帘空竹根。
大梁一旦人代改,秋月春风不相待。
池中几度雁新来,洲上千年鹤应在。
梁园二月梨花飞,却似梁王雪下时。
当时置酒延枚叟,肯料平台狐兔走?

万事翻覆如浮云,昔人空在今人口。
单父古来称虞生,只今为政有吾兄。
轺轩若过梁园道,应傍琴台闻政声。

君不见梁孝王修竹园,颓墙隐辚势仍存,娇蛾曼脸成草蔓,罗帷珠帘空竹根——梁孝王:西汉景帝同母弟。修竹园:《史记·梁孝王世家》:孝王"大治宫室,为复道,自宫连属于平台三十余里"。索隐:"如淳云'在梁东北,离宫所在'者,按今城东二十里临新河,有故台址,不甚高,俗云平台,又一名修竹苑。"修竹苑即修竹园。隐辚:突起之义。《文选》潘岳《西征赋》:"觅陛殿之余基,裁坡陀以隐辚。"娇蛾曼脸:指梁园内美貌宫女。蛾:蛾眉,代指美女。曼:美。罗帷珠帘:指梁园盛时豪奢的摆设。此四句写千载之上的梁园盛会,集人间奢华于一园,当时风流名士济济一堂,指论时政,吟诗作赋;宫娥美女,明眸皓齿,脂腻粉滑,珍禽异兽,自由自在,游荡觅食,锦帐鲜明,披红挂绿,珠环玉佩,叮当作响。当时盛事,今皆已荡然无存,唯有残垣颓壁崭然峭立于旧处,枯守着昔日繁华,哀悼着今日的凄凉残败。蔓草丛生,荆榛遍野,鬼火幽幽,狐兔出没,无情地吞没着历史残留的印迹。

大梁一旦人代改,秋月春风不相待。池中几度雁新来,洲上千年鹤应在——大梁:地名,战国魏都,在今河南开封,此处借指梁孝王封国。一旦:一朝。人代:人世,为避唐太宗讳,故云。池中二句:《西京杂记》卷二:"(梁园)又有雁池,池间有鹤洲凫渚。"岑参此处借用其事。四句写想汉代之千古风流人物,亦随时间车辙淹没于风烟弥漫的历史长河中,秋月春风虽镀上千年的铜绿古锈,却也依然本色,不见苍老颓废之态。渚上仙鹤、洲中鸿雁,依然飞来飞去,生养蕃息,却已非当时旧物。

梁园二月梨花飞,却似梁王雪下时。当时置酒延枚叟,肯料平台狐兔走?万事翻覆如浮云,昔人空在今人口——梁王雪下时:《文选》谢惠连《雪赋》:"岁将暮,时既昏,寒风积,愁云繁。梁王不悦,游于兔园。乃置旨酒,命宾友,召邹生,延枚叟,相如末至,居客之右。俄而微霰零,密雪下,王乃歌《北风》于《卫》诗,咏《南山》于周《雅》。"枚叟:即枚乘。邹生:指邹阳。相如:司马相如,皆一时名士。延:延请。肯料:岂料。平台:《水经注》二十四《睢水》:"如淳曰:平台,离宫所在,今城东二十里有台,宽广而不甚极高,俗谓之平台。……梁王与邹、枚、司马相如之徒,极游于其上(平台)。"它是梁园内为凭高远望之用的高台。在河南商丘县东北。此六句写诗人睹春风荡漾中梨花纷飞,洁白如雪,想起梁孝王曾因雪下、彤云惨淡而心中不悦,置酒梁园的旧事。邹、枚及相如共游于平台之上,吟诗作赋,岂料今日平台走狐兔,野草杂虫蛇。世事无常,风云变幻,人去台空,只留昔日风流胜事尚挂在人口,为人追念缅怀。以上为梁园歌。

单父古来称宓生,只今为政有吾兄。轺轩若过梁园道,应傍琴台闻政声——单父:唐县名,属宋州,在今山东单县。单县在商丘附近。宓生:宓(一作宓 mì)不齐,字子贱,春秋末期鲁国人。孔子学生,曾为单父宰,相传其身不下堂,鸣琴而治。事见《论语·公冶长》、《吕氏春秋·察贤》。吾兄:指王说。轺轩:古代使者所乘之轻车。琴台:宓子贱弹琴之处,在单父。此四句转为送别王说。诗人赞美治单父而垂名千古的宓子贱,并以之喻比将赴单父的好友王说,勉励他当清明廉正,恪谨奉公,这样必会为访察官政的轺轩使者听闻而名声远播。

全诗分两部分。前面大段为梁园歌,诗人抚今追昔,念天地之悠悠,悲世事之无常,古代的风流人物,至今何在?这是咏古诗的共同主题,但诗人却用意新巧,寓意于中。梁园咏怀非诗人因亲身游历,情动于衷所咏,诗人目的非咏怀,而是落脚于寄呈好友,以梁园歌为好友送行。好友将去单父,单父亦属汉代梁国,由单父诗人想到名垂千古的梁园胜事,想到鸣琴而治的贤人宓子贱,诗人歌咏二事以寄对王说此行的希冀和鼓励,以咏古送行,别具一格,而诗人的良苦用心亦在其中。

山房春事二首(其二)

开元二十九年(741)秋,岑参由匡城至大梁。次年春,游梁园,此诗即作于游梁园后。

梁园日暮乱飞鸦,极目萧条三两家。
庭树不知人去尽,春来还发旧时花。

梁园日暮乱飞鸦,极目萧条三两家——梁园:《清一统志·开封府·梁园》:"在府城东南,一名梁苑,亦名兔园,汉梁孝王游赏之所。"见《梁园歌送河南王说判官》诗"题解"。极目:尽目而望。萧条:冷落荒凉。这两句写傍晚梁园群鸦乱飞,极目而望,只有零星的三两户人家,满眼萧条。

庭树不知人去尽,春来还发旧时花——这两句的意思是,梁园早已湮灭坏败,只有原来的树木仿佛全然不知人世之变迁,在年年春来时仍然像以往一样绽放着鲜花。

【解评】

　　这是一首以绝句的形式写成的怀古诗。诗中作为被表现对象的梁园，在古诗中被反复地吟咏过，而岑参除了此诗，还有《梁园歌送河南王说判官》，也为吟咏梁园之作。古往今来吟咏梁园，多着意于表达物是人非、世变沧桑的感慨。岑参此诗，虽然并未脱离这一主题，但其在艺术上却有其特出之处。诗人以清新流丽的笔触，在极短的篇幅之内，将绝句的轻巧与怀古诗的深沉厚重极自然地结合在一起，表现了深刻的历史主题，具有奇妙的艺术效果。诗的前两句就题实写，以天空"乱飞鸦"暗示地上少人，引出次句的萧条景象。后两句则宕开笔墨，由实转虚，笔致空灵飘逸，极有韵致。与李白《苏台览古》"旧苑荒台杨柳新，菱歌清唱不胜春。只今惟有西江月，曾照吴王宫里人"可谓同一机杼，二者皆是从萧条中想见繁盛，不言人之感慨，而借自然的永恒反衬人世之短暂，表达物是人非的深沉感慨。此诗后两句因为意蕴深厚，甚至被后人反复袭用，如"断梦不知人去处，卷帘还有燕来时"（赵子发《浣溪沙》）、"春色不知人去远，也分红蕊到庭花"（王慎中《春怨》）、"双燕不知人去远，年年犹绕画梁飞"（徐熥《春日怀旧》）等等，不过相形之下，皆不及岑参诗，宜乎王尧衢《唐诗解》评云："余谓'庭树'一联本嘉州绝调，后人为优孟者，家窃而户攘之，遂以此为套语，惜哉！"沈德潜也谓"后人袭用者多，然嘉州实为绝调"（《唐诗别裁》）。

发临洮将赴北庭留别 得飞字

【题解】

　　岑参于天宝十三载（754）赴北庭节度使，作安西、北庭节度使封常清的僚属。北庭节度使治所在庭州（今新疆吉木萨尔市北）。临洮：唐郡名，治所在今甘肃临潭县西。岑参自注"得飞字"：古代文人唱和，常约以某句，分拆一字，用其韵赋诗。这首诗诗人分得一"飞"字韵。此诗写作时诗人已离别长安西行至临洮，临洮已属塞外，蛮荒僻野，寒凉肃杀，诗描写了这种景象，也写了诗人无奈的乡关之思。

　　　　闻说轮台路，连年见雪飞，
　　　　春风不曾到，汉使亦应稀。
　　　　白草通疏勒，青山过武威，
　　　　勤王敢道远？私向梦中归。

闻说轮台路，连年见雪飞，春风不曾到，汉使亦应稀——轮台：北庭都护府所属郡县，在今新疆米泉县。岑参诗中常以轮台指北庭，此处亦如之。春风不曾到：塞外苦寒，难见春色。王之涣《凉州词》："羌笛何须怨杨柳？春风不度玉门关。"轮台尚在玉门关极西处。汉使：此处皆指汉代赴西域的使者。唐代诗人常以汉代故实拟指唐事。此四句写获悉北庭，人皆色变，那儿不仅万里迢迢，且风沙蔽日，弥年飞雪，环境极其恶劣，连春风都畏缩不前，只留一片非人间的荒凉萧瑟于那苦寒之地。来此的使者更是寥若晨星。

白草通疏勒，青山过武威，勤王敢道远？私向梦中归——白草：见《武威送刘单判官赴安西行营便呈高开府》注。疏勒：属北庭都护府辖内郡县，在今新疆乌鲁木齐市东。勤王：勤身于王事。此处指效命边庭，保卫疆土。敢：岂敢。此四句写临洮白草丰茂，萋萋迷迷，一直延伸到天边，西接北庭。远处山脉横亘，苍茫起伏，直通到武威吧。"率土之滨，莫非王臣"，受君主之惠赐，当勤身事边，杀敌保国，责无旁贷，何敢辞以路途的遥远？即使有难抑的乡情，也只私向梦中温存。

诗发句即夺人耳目。"闻说"二字，用笔似若散漫率意，却有传声发言之效，警醒又亲切。紧接着终年飞雪的意象创造，呈现出一个人间罕有的苦寒之地，而使读者有所期待，并使之积极参与，充实丰富着一个开放的想象空间。中间二联对偶严整，语言浅近直白，却有浑朴深涵之致，有不事雕琢的粗线条美，笔致与诗歌题材、风格颇为和谐。末句一"私"字，用心巧妙，既破解了诗人思乡的难耐，又圆融着诗人不愿道出的功业树立与个人私愁的矛盾。

凉州馆中与诸判官夜集

凉州：即武威郡。馆：驿馆、客舍。诸判官：从诗中"河西"两句知，为诗人在河西都护府的旧日同僚。岑参曾在武威（河西节度使驻地）滞留过，见前《武威春暮闻宇文判官西使还已到晋昌》注。夜集：夜宴。诗写夜宴情景及重逢故人的欣喜。"七里"，一作"七城"。"花门楼前"，一作"花楼门前"。"一生"，一作"一年"。

弯弯月出挂城头，城头月出照凉州。
凉州七里十万家，胡人半解弹琵琶。

琵琶一曲肠堪断，风萧萧兮夜漫漫。
河西幕中多故人，故人别来三五春。
花门楼前见秋草，岂能贫贱相看老，
一生大笑能几回，斗酒相逢许醉倒。

【新解】

　　弯弯月出挂城头，城头月出照凉州。凉州七里十万家，胡人半解弹琵琶。琵琶一曲肠堪断，风萧萧兮夜漫漫——城：指武威城。凉州七里十万家：《元和郡县志》卷四十："（凉）州城本匈奴所筑，汉置县，城不方，有头、尾、两翅，名为鸟城，南北七里，东西三里。"《新唐书·地理志》："凉州武威郡……户二万二千四百六十二。"十万为夸张之数。胡人：指边塞少数民族。琵琶：乐器名。《宋书·乐志》一："琵琶，傅玄《琵琶赋》曰：'汉遣乌孙公主嫁昆弥，念其行道思慕，故使工人裁筝、筑，为马上之乐，欲从方俗语，故曰琵琶，取其易传于外国也。'"此六句写秋月如钩，挂在凉州城头，银辉似水，清景无限，照得凉州城一片静穆澄澈。凉州十万人家同看月色，听琵琶激越凄厉，如泣如诉，催人肝肠。秋风飒飒，长夜漫漫，远行游子于这秋风秋月，更闻琵琶曲，当会黯然销魂，潸然泪下。

　　河西幕中多故人，故人别来三五春。花门楼前见秋草，岂能贫贱相看老，一生大笑能几回，斗酒相逢许醉倒——别来三五春：三、五年，实则三年。岑参天宝十载滞留武威到诗人再赴北庭的天宝十三载，已经历三年多。"三五春"，为凑其音节、声韵之便。花门楼：为凉州客舍名。岑参另有《戏问花门酒家翁》，诗题下自注"在凉州"，可知。此六句写凉州城为河西幕府的驻地，诗人曾于此羁留过，与府中文士武官结下友谊，别来三年，又相逢于凉州故地，于清夜宴集高馆，对酒当歌，其乐何如？花门楼前秋草凄凄，树头秋叶已显衰飒之气，人生如寄，忽然而已，何不早策高足，占据要津，及时建立功名，求取富贵？岂能如冯唐、廉颇等老之将至？人生不如意事太多，与满座高朋醉酒高歌，拊掌大笑，管他今夕何夕？

　　此诗写边塞城楼夜宴，诗人避开了夜宴上觥筹交错、灯红酒绿的场面描写，以情境、意境的描写与刻画，渲染诗人醉酒而感慨人生的心绪。开头六句写月光，写断肠琵琶，写萧萧秋风、长夜漫漫，衬托出一种惝恍迷离、幽清深邃的环境氛围，极易让人产生人生无常、欢乐易去的昭昭觉醒，而夜宴的美酒、长歌当哭、楼前衰草，又加重一种悲凉凄迷、笑中含泪心境的人生无奈，所谓"欢乐极兮哀情多"，正道此。诗后半部分表面看似豪放不羁，潇洒豁落，却深掩着诗人建功立业而岁月蹉跎的忧惧和无奈。"人生得意须尽欢，莫使金樽空对月"，诗人有着与李白同样的大悲情和人生观的矛盾。盛唐士人少有儒家温文含蓄、矜持淡泊的心境，他们也毫不掩饰对功业利禄的汲汲渴求，乐必大笑开怀，把盏相贺，哀也悲歌放恣，醉醒人生，这是他们独特率真、简单单纯的人生态度。他们深于情，重于义，执着于人生，他们以赤诚火热、真率磊落来面对顺境、逆境，在诗中毫不造作、无所约束地抒发自己的内心情怀，这种直肆无隐的抒写颇类东汉末文人五言诗，风格也同样地悲凉慷慨，情重于文。此诗即可见出岑参对这种诗歌的继承。此诗艺术手法亦独特，多处用顶真格，如城头、琵琶、故人等词的叠用回环，琅琅上口，意味悠长，增饰出一种自然古朴的民歌风韵。

碛西头送李判官入京

碛西头：盖指银山碛，已属北庭都护府辖地。见前《银山碛西馆》注。李判官：盖指李栖筠。《新唐书·李栖筠传》："迁安西封常清节度府判官。"闻一多《岑嘉州交游事辑》以李判官为李栖筠，可从。诗人已行至银山碛西，与好友重逢忽又分别。诗写送行，兼诉乡情。

　　一身从远使，万里向安西，
　　汉月垂乡泪，胡沙费马蹄。
　　寻河愁地尽，过碛觉天低，
　　送子军中饮，家书醉里题。

一身从远使，万里向安西，汉月垂乡泪，胡沙费马蹄——一身：孤身。安西：安西治所龟兹在北庭治所庭州的西南，距离遥远，此处指北庭。汉月：汉地之月。月亮普照万物，无有分别，汉地常见之月，而睹于塞外，若有乍熟乍新的迷惑。其手法类于《宿铁关西馆》，可参看。此四句写诗人万里迢遥，匹马独行，远赴北庭，长路漫漫，胡沙茫茫，行途似永无际涯，中原明月颇懂人情，知诗人孤独寂寞伴至西极，默默无言地奉献着忠诚和关爱，诗人难免不黯然垂泪，乡情杳深。

寻河愁地尽，过碛觉天低，送子军中饮，家书醉里题——子：李判官。军中：盖银山碛有兵卒驻扎，故有军中之说。此四句写银山碛天似穹庐，笼罩四野，天地浑然一体，天俯临着地，地翘起裙边合着天，天地交接处似乎是天的尽头。塞外高原厚土，风物呈现出极原始粗犷与劲厉之壮美，诗人与李判官于帐中对饮，把盏话别，依依难舍之情欲言还止。醉中狂书寄给长安亲人的家信，托李判官转捎吧。

诗写旅途与友人依依话别,却重在描绘奇异壮美的塞外风光,中间二联运笔如神,自然圆融,"汉月垂乡泪",语带双关。诗人于塞外忽睹中原明月,犹如霎时间亲见故人的欣喜,汉月垂泪,是诗人心中悲喜交集的泪眼看皎月所致,是移情手法,月也垂泪,诗人更潜然。后面的"废"字、"愁"字亦蕴藉含蓄,有潜隐的牢骚流露却无怨怼之声。岑参赴安西时曾有类似的意象、意境和内容的诗。如《宿铁关西馆》《安西馆中思长安》等篇,但抒写一种凄迷低回、忧郁孤寂的心境,此诗却格调较明朗轻快,有种自信乐观、无所畏惧的精神气韵暗流于字里行间。

走马川行奉送出师西征

【题解】

走马川:具体位置不详。据诗所写的地理位置,当在轮台附近。柴剑虹《岑参边塞诗地名考辨》谓即轮台以西的著名水道玛纳斯河,清徐松《西域水道记》称此河"冬则尽涸",故诗中有"一川碎石"之语。行:古代诗歌的一种体裁,即歌行。出师西征:指北庭节度使封常清率兵出征。此次西征具体时间及对象不详。诗篇描绘边塞奇异壮丽的风光和行军途中的艰苦环境,并预祝大战告捷。诗题,一作"走马川行奉送封大夫西征"。"碎石",一作"破石"。

> 君不见走马川行雪海边,平沙莽莽黄入天。
> 轮台九月风夜吼,一川碎石大如斗,
> 随风满地石乱走。匈奴草黄马正肥,
> 金山西见烟尘飞,汉家大将西出师。
> 将军金甲夜不脱,半夜军行戈相拨,
> 风头如刀面如割。马毛带雪汗气蒸,
> 五花连钱旋作冰,幕中草檄砚水凝。
> 虏骑闻之应胆慑,料知短兵不敢接,
> 车师西门伫献捷。

君不见走马川行雪海边,平沙莽莽黄入天——"行",疑为因诗题所导而误衍。雪海:具体不详。《新唐书·西域传下》:"勃达岭……水南流者经中国入于海,北流者经胡入于海,北三日行度雪海,春夏常雨雪。"《新唐书·地理志》引贾耽入四夷路程:"又西北渡乏驿岭,五十里渡雪海,又三十里至碎卜戍,傍碎卜水五十里至热海。"或疑为轮台附近的准噶尔盆地,其地冬季多雪,浩瀚苍茫,故有此称。平沙:平坦广袤的沙漠。二句写轮台附近的走马川和雪海,沙漠广袤无边,一直铺展到天际,与天之苍苍接于幽冥。

轮台九月风夜吼,一川碎石大如斗,随风满地石乱走——一川碎石:指走马川因干涸而露出的石头。三句写轮台九月风沙之大之狂。狂风大作之时,奔走驰突,冲撞纠葛,其音凄厉如怪兽悲啸,其力可扫荡一切,即使大如斗的石块亦轻若走丸。

匈奴草黄马正肥,金山西见烟尘飞,汉家大将西出师——匈奴:指当时游牧于西北边地的少数民族。草黄:此值秋天。马正肥:边塞少数民族多以游牧为业,马为主要的生产资料,既可提供食物,也是行军作战必不可缺的脚力。金山:《读史方舆纪要》卷六十五:"金山,在庭州东南。此西域之金山也。……亦谓之金沙岭,一名金岭。"烟尘:指报警的烽烟及灰尘。汉家大将:指封常清。盛唐诗人多以汉代故实托比唐代。此三句写时值秋季,草已过茂盛时期,而牧马经春夏两季百草丰茂的滋养,正肥壮劲健,唯伺奔驰战场,大显其身手了。西望远处金山脚下狼烟垂挂空中,即是战争一触即发的警备讯号。唐军浩浩荡荡,神勇雄壮,出师西方,将与匈奴有浴血的奋战。

将军金甲夜不脱,半夜军行戈相拨,风头如刀面如割——将军:指封常清及其手下的边关大将。金甲:铠甲。戈相拨:兵器相碰撞。此三句写为警惕战事,观察敌方动向,封常清及其大将行军出征即使是临时驻扎,也铠甲鲜明,严阵以待。战士行军疾如飞鸟,戈戟时而相撞,铿锵有声。边风如鞭似刀,扑面而来,如割人皮肤般地生疼。

马毛带雪汗气蒸,五花连钱旋作冰,幕中草檄砚水凝——五花:五花马。唐人剪马鬣为五瓣花样,称为五花马,剪三瓣为三花马。连钱:马的一种。《尔雅·释畜》:"青骊驎䮷。"郭璞注:"色有深浅,班驳隐辚,今之连钱骢。"旋:立即。作冰:结成冰。草檄(xí):古代讨伐敌方常以正式文书形式论其罪状及讨伐的原因,称为檄文。砚水:砚台中的水墨。此三句写天气寒冷,马因疾驰,汗出毛下,也或蒸或凝,如通体裹着薄薄的冰层,帐幕中备作檄文的砚台内的墨汁已坚固地凝结上了。

虏骑闻之应胆慑,料知短兵不敢接,车师西门伫献捷——虏骑:对敌方的蔑称。胆慑:胆怯畏缩。短兵:短的兵器,指刀、剑之类,相对于箭而言。车师:指汉代车师后国的旧地庭州,即北庭都护府驻地。献捷:献上俘虏和战利品。此三句写敌方见唐军赫赫神威,雄师百万,胆寒气馁,未战业已示弱,不敢以短兵相接,开展肉搏战。唐军气势压人，威武雄壮，敌方则气虚胆弱，畏缩不前，胜败已明，但等至车师西门处接取俘虏和战利品吧。

诗写送军出师，诗人对战争的严酷、战前筹划等军事活动并未着力，对自然美景不是熟视无睹，而是以诗性的眼光投注于瑰奇壮丽的边塞风光及出师行动中由此奇异的气候作用于军队的奇特反应。写黄沙茫茫而有"入天"之想；写狂风大作，用"斗石"乱走来形容；写风之凛冽刺骨，而比以如刀似剑，割人皮肤；写马汗、砚墨的凝冰，这些画面无不得自诗人善于观察美的锐目和诗情。诗人抓住风光的"奇"，并运之以奇思巧意，用笔亦峻厉风发，酣畅淋漓，使全诗大气磅礴，矫健峻拔。诗格调亦高昂明快，浏亮饱满。此次出塞，诗人颇得封常清的赏识，仕途顺利，也带给诗人积极开朗的心境，不再如初出边塞那样的忧郁低迷，故而诗人眼中的塞北也不像过去那样暗淡晦涩，而是一种绮丽瑰奇之景。全诗用韵三句一转，分别成韵，韵调铿锵，急促紧密，一气直下，与诗歌高亢的情调极为和谐，沈德潜评其为"峄山碑文法也"。

轮台歌奉送封大夫出师西征

封大夫：封常清。大夫：御史大夫，位仅次于丞相，"掌持邦国刑宪典章，以肃正朝廷"（《旧唐书·职官志》）。按封常清于天宝十一载（752）为安西四镇副都护，摄御史中丞，十三载（754）入朝，摄御史大夫，同年兼北庭都护。歌：歌行体，与上篇之"行"为同一诗歌体裁，也称歌行。此诗与上篇为先后之作，诗描写出征士兵的赫赫声威和壮伟场面，抒发诗人为国杀敌，报效君主的思想感情。"沙口"，一作"河口"。

轮台城头夜吹角，轮台城北旄头落。
羽书昨夜过渠黎，单于已在金山西。
戍楼西望烟尘黑，汉兵屯在轮台北。
上将拥旄西出征，平明吹笛大军行。
四边伐鼓雪海涌，三军大呼阴山动。
虏塞兵气连云屯，战场白骨缠草根。
剑河风急云片阔，沙口石冻马蹄脱。

亚相勤王甘苦辛，誓将报主静边尘，
古来青史谁不见，今见功名胜古人。

　　轮台城头夜吹角，轮台城北旄头落——角：军营中用以报时、号令三军的号角。旄头：旄头星，为二十八宿之一。《史记·天官书》："昴曰旄头，胡星也。"旄头星代表胡人，星落预示其将灭亡。此二句写轮台城头响起出兵的号角，代表胡人的天上星宿——旄头星神秘地降落，唐军士气高涨，而预示胡人吉凶祸福的星宿现出恶兆，胡人必会失败。

　　羽书昨夜过渠黎，单于已在金山西——羽书：即羽檄，插上羽毛的檄文。檄文，见上篇"草檄"注。檄文加上羽毛以示十万火急。渠黎：即渠犁。《通典·边防典》七："轮台、渠犁，地名，在今交河、北庭界中，其地相连。"为北庭都护府辖地，在今新疆吉木萨尔与米泉县之间。单于：匈奴对其酋长的称呼，此处指西北少数民族酋长。金山：见上篇注。二句写昨夜讨伐胡人的羽檄已传送至渠犁，单于也已会聚在金山西部，战争一触即发。

　　戍楼西望烟尘黑，汉兵屯在轮台北——戍楼：作防守、警备用的哨望所。二句写站在轮台城内的戍楼上西望，可见金山附近胡人杀气腾腾的烽烟和马蹄卷起的漫天灰尘，唐军已严阵以待，个个摩拳擦掌，屯驻于轮台北，听号角即挥师迎战。

　　上将拥旄西出征，平明吹笛大军行——上将：指封常清。拥旄：拥，持。旄，旄节，古代使臣所持之节，用作信物，其形如幡，上饰以旄牛尾，故名。《旧唐书·职官志》："天宝中，缘边御戎之地，置八节度使。受命之日，赐之旌节，谓之节度使，得以专制军事。行则建节符，树六纛。外任之重，无比焉。"平明：天刚破晓。二句写封将军持唐使臣之旄节出兵上阵，威风凛凛，战旗飘扬，军号一声，兵卒齐发，直有排山倒海之势。

　　四边伐鼓雪海涌，三军大呼阴山动——伐鼓：击鼓以助声威。雪海：见上篇注。三军：古代兵制中军、左军、右军（亦称上、中、下）为三军。此指封常清所率军队。阴山：指天山东部。北庭都护府下辖有阴山州。清萧雄《听园西疆杂述诗》卷二《乌鲁木齐章》云："天山至此（指乌鲁木齐）亦名阴山，如长春子过沙陀抵阴山，岑参《轮台歌》'三军大呼阴山动'，皆谓此处一带。非《汉书·匈奴传》辽东外之阴山也。"当指今新疆境内的天山东部。二句写唐军金鼓大作，万马齐发，"鼓噪之声，震动山海"（唐汝询《唐诗归》解）。茫茫雪海，被飞蹄卷踏，若风起云涌，层层跌宕，三军呼声震天，遥遥相应，地动山摇，整个世界都鼓荡在一种悲壮的氛围中。

　　虏塞兵气连云屯，战场白骨缠草根——虏塞：胡地边塞。兵气：战场上的杀气及两军对垒的剑拔弩张的紧张气氛。二句写莽阔粗悍的边域对峙着两军,战场上气氛剑拔弩张,杀气蒸腾,黑云也来助威,屯积盘桓在天空,布下阴沉肃杀的环境背景。地面战场上昔时遗留的战骨,森森然地荒弃在杂草中,狰狞刺目,令人胆寒。

剑河风急云片阔,沙口石冻马蹄脱——剑河:水名,据《新唐书·回鹘传》记载,当在北庭之北,离北庭尚有很远的距离。故此处为虚写。阔:大。沙口:未详。脱:打滑。二句写剑河上风急天高,云片团集,踟蹰不行,沙口冻石坚硬,滑如凝冰,战马踏足常会趔趄打滑。

亚相勤王甘苦辛,誓将报主静边尘,古来青史谁不见,今见功名胜古人——亚相:指封常清。封氏为御史大夫,仅次于三公,故名。勤王:致力于王事,指开边拓土,保疆卫国之事。静边尘:扫除胡地少数民族的骚扰,安定边防,使边境和平安定。二句为赞美封常清。封常清持唐皇所授旌节,重命在身,不辞苦辛,勤于王事,杀敌保疆,安定边防,使君免于边域之忧,其功光芒四射,足可名垂青史。

这首诗重在战前的环境氛围和两军对垒的紧张局面的描写。诗人调动各种意象来烘托、渲染,如敌方的"烟尘黑",我方旌旗招展,号角劲厉,扰金伐鼓,地动山摇,"雪海涌"、"阴山动"、"兵气连云屯"、"白骨缠草根"、风急天高、乌云朵朵,这些组成一幅剑拔弩张、惊天地泣鬼神的宏大悲壮画面,不用直笔写战场,已使人预闻战争的残酷惨烈。同时诗人写战争一直保持着高昂激壮的声调,写唐军高涨奋勇的气势,写敌军风烟在望,旌头星落,都表现出唐代人特有的自信昂扬、高亢热情的精神气质。末四句虽有谀美之词,也是这种精神风貌的自然表现。全诗豪放慷慨,雄浑大气,读之如身临其境。

北庭贻宗学士道别

贻:赠。宗学士:未详其人。学士,官名,唐代集贤院、弘文院、翰林院等都置学士,而地方及节度使不置,盖宗氏在从军前曾为学士官。诗写宗学士弃文从武,落拓卑职,诗人既对他给予了同情,同时也劝慰好友再振双翮,青云直上。

万事不可料,叹君在军中,
读书破万卷,何事来从戎?
曾逐李轻车,西征出太蒙,

荷戈月窟外，摆甲昆仑东。
两度皆破胡，朝廷轻战功，
十年祗一命，万里如飘蓬。
容鬓老胡尘，衣裘脆边风。
忽来轮台下，相见披心胸，
饮酒对春草，弹棋闻夜钟。
今且还龟兹，臂上悬角弓，
平沙向旅馆，匹马随飞鸿。
孤城倚大碛，海气迎边空，
四月犹自寒，天山雪濛濛。
君有贤主将，何谓泣途穷？
时来整六翮，一举凌苍穹！

新解

万事不可料，叹君在军中，读书破万卷，何事来从戎——读书破万卷：杜甫《奉赠韦左丞丈二十二韵》："读书破万卷，下笔如有神。"四句写宗学士学富五车，满腹经纶，本为朝中学士，怎料竟落拓军中求一官半职。

曾逐李轻车，西征出太蒙，荷戈月窟外，摆甲昆仑东——李轻车：汉李广从弟李蔡，为轻车将军，击匈奴右贤王有功，封为乐安侯。太蒙：相传为太阳所入之处，此处形容西部极远地。荷戈：肩负着戈戟。戈，平头戟，古代短兵器的一种。月窟：传说月亮所升起的地方，此处亦指西极。摆（huàn）甲：披甲。摆，穿。四句写宗学士随边关将士转战于边塞南北，出生入死，立下汗马功劳。

两度皆破胡，朝廷轻战功，十年祗一命，万里如飘蓬。容鬓老胡尘，衣裘脆边风——破胡：打败胡人。祗：只。一命：见前《初授官题高冠草堂》注。容鬓：容颜鬓发。胡尘：胡地风尘。脆：断裂。边风：边塞风沙。六句写宗学士曾两度率军打败胡人，然而朝廷不重边功，尽管宗学士战功赫赫，仍蹭蹬宦途，不得升迁，十年来抱守一命微官，远离故土，漂泊西域，身似转蓬，行踪难定。来时尚明眸皓齿，服饰光鲜，而今胡沙剥割，岁月侵蚀，已满面风尘，须发灰白，衣裘早已不堪边风吹袭，敝坏破损。

忽来轮台下，相见披心胸，饮酒对春草，弹棋闻夜钟——轮台：此处应指北庭。见《发临洮将赴北庭留别》注。弹棋：见《沣头送蒋侯》注。四句写宗学士忽来北庭，与岑参会晤，他乡遇故知，自是一番欣喜异常，把盏话久别，一叙伤心事，促膝吐心胸，相照如肝胆。春草迟来业已萋萋，饮酒高歌，悲时光易逝，弹棋相博，其乐也融融,夜来钟声,其音也凄越。

今且还龟兹,臂上悬角弓,平沙向旅馆,匹马随飞鸿——龟兹:安西都护府驻地,今新疆维吾尔自治区库车县。角弓:饰以兽角的弓。匹马:只马。四句写宗学士来也匆匆,去也匆匆,又将起程还安西都护府治所龟兹。龟兹在遥远的西南部,路途孤寂、艰辛自不必说。臂肩但挂弓弩,胯下高头骏马,经过莽莽平沙奔向驿馆,匹马独行目送飞鸿杳杳,一路兼程,当多加保重。

孤城倚大碛,海气迎边空,四月犹自寒,天山雪濛濛——孤城:指北庭。倚:傍,挨近。大碛:大沙漠。北庭北临大沙漠,即今古尔班通古特沙漠。海气:海市蜃楼,为沙漠奇观。雪濛濛:下雪时一片苍茫迷蒙之状。四句写北庭大沙漠,沙漠中的海市蜃楼常横空出世,蔚为壮观,四月此地亦无花犹自严寒,时而大雪纷飞,一片空蒙迷离,天山也阴郁凝重地笼罩在苍茫的天宇内。

君有贤主将,何谓泣途穷?时来整六翮,一举凌苍穹——君:指宗学士,参看"叹君在军中"。贤主将:指安西、北庭节度使封常清。泣途穷:《晋书·阮籍传》:"时率意独驾,不由径路,车迹所穷,辄恸哭而反。"六翮:健羽,《战国策·楚策》:"黄鹄……奋其六翮而凌清风,飘摇乎高翔。"苍穹:青天。四句写军中上有贤能主将,宗学士虽一时沉沦下僚,但其颖异卓秀的才华必能得到他们慧眼赏识,不必暗泣途穷,叹才华不展,时来运转之日,定可振举劲翮,一冲苍穹。

唐代士人除科考、门荫入仕外,还常以节度使幕僚身份步入仕途,官阶升降不必经由中央,直接由节度使任用提拔,便可因节度使的升迁而迅速高升。盛唐时开边拓土,皇帝又好大喜功,边塞战事多,这也给士人弃文从武、以边功入仕途一个契机。然而幕府内军士间尔虞我诈、钩心斗角,也使他们多蹀躞垂翅,沉沦下僚。岑参在安西时即有此境遇。比来入于封常清幕僚中,即得重用,心境也为之一转,对好友的十年沉沦,潦倒失意颇有深切的同情和戚戚心会。此篇同以前岑参失意时的同类题材的诗比较,更可见气格的健举、色调的明快和诗人飞扬豪宕的精神风貌。这首诗前段写宗学士的征战人生和落拓不遇,诗人以同情之笔委婉叙之。后段写相见的欣喜和分别的牵思,笔法则明显饱满有力。四句环境的描写,衬托出诗人依依深情,情景妙合无痕,气象浑茫深远。末四句突兀一转,刚健振举,豪放洒落,既是对宗学士的劝慰,也有对时君、主帅的谀美,当是岑参心境的真实流露。

献封大夫破播仙凯歌六首(选四)

题解

播仙:西域诸国之一。史书不载封常清破播仙事。《新唐书·地理志》:"陇右道西州交河郡蒲昌县……西有七屯城、弩支城,有石城镇、播仙镇。"其地在今新疆且末县北。凯歌:战胜时所唱之歌。《初学记》卷十五梁元帝《纂要》:"振旅而歌曰凯歌。"全诗为六首组诗,今选其四。此组诗描写王师大捷,献凯歌以歌功颂德。

汉将承恩西破戎,捷书先奏未央宫,
天子预开麟阁待,祇今谁数贰师功?

官军西出过楼兰,营幕傍临月窟寒,
蒲海晚霜凝马尾,葱山夜雪扑旌竿。

日落辕门鼓角鸣,千群面缚出蕃城,
洗兵鱼海云迎阵,秣马龙堆月照营。

暮雨旌旗湿未干,胡烟白草日光寒,
昨夜将军连晓战,蕃军只见马空鞍。

汉将承恩西破戎,捷书先奏未央宫,天子预开麟阁待,祇今谁数贰师功——汉将:借汉将指封常清。戎:指西部少数民族。未央宫:西汉宫殿名,萧何主建,后代曾一再修葺,唐代末年毁于兵战。故址在今西安市西北长安故城内西南角。预:准备。麟阁:麒麟阁。汉阁名,在未央宫内。汉宣帝时曾画功臣霍光、苏武等人图像于阁内。此处指封常清破敌之功可铭刻于金石,图画于宝殿。贰师:汉时西域大宛国名。武帝时遣大将李广利往取其善马。故以李广利为贰师将军。这是组诗的第一首。诗记叙封常清的功绩,并以汉将作比,多有歌功颂德的溢美之词。封常清受命于圣主,拥节挥师,镇守边关,西伐羌胡,效命疆场,杀敌立功,战绩赫赫。捷报屡传,举国同庆。天子更是龙颜大喜,预开麒麟阁铭刻功绩,图画真形,使万世永传。

官军西出过楼兰,营幕傍临月窟寒,蒲海晚霜凝马尾,葱山夜雪扑旌竿——楼兰:见前《胡笳歌送颜真卿使赴河陇》注。月窟:见前《北庭贻宗学士道别》注。蒲海:蒲昌海。《后汉书·西域传》:"蒲昌海,一名盐泽,去玉门关三百余里。"即今新疆罗布泊。葱山:即葱岭。《西河旧事》:"其山高大,生葱故名。"今之帕米尔高原与昆仑山脉、喀剌昆仑山脉等。旌竿:旗竿。这是组诗第二首。写王师西征途中驻扎时饱受风寒。西过楼兰,安营扎寨,蒲昌海冰封霜盖,一望无垠,飒飒寒气逼人眼目,战马亦僵硬地在寒风中瑟瑟冷战,踟躇不前,葱岭夜雪铺天盖地随风卷来,扑打着旌旗来回翻动。

日落辕门鼓角鸣,千群面缚出蕃城,洗兵鱼海云迎阵,秣马龙堆月照营——辕门:军营门前以两兵车仰立相向以示门,称辕门。后代用木栅围护,也可称辕门。鼓角:鼓声与号角,作号令三军的信号。面缚:缚手于后,而面向前。蕃城:指播仙镇。洗兵:冲洗兵器。杜甫《洗兵马》:"净洗甲兵长不用。"鱼海:不详其地。阵:此指唐军。秣马:喂饱马匹。龙堆:疑指白龙堆沙漠,今称库穆塔格,在新疆罗布泊东北处。《汉书·西域传》:"楼兰最在东垂,近汉,当白龙堆,乏水草,常主发导,负水担粮,送迎汉使。"按白龙堆为沙漠,乏水草,无草可秣马,此处可理解为诗人为押韵对仗方便的虚指。这是组诗的第四首。此诗写王师大捷,凯旋归来之盛景和军队洗兵秣马的闲适从容之状。太阳落山时,驻地辕门前号角齐鸣,战鼓喧天,迎接大获全胜的唐军,成群的降俘手反绑在背后,趔趔趄趄走出播仙,被押回唐军驻地。在鱼海洗濯兵器的血污,白云舒卷犹如绸带飘展,迎接得胜回来的军队,在龙堆山喂马息足,月亮弯弯光照军营。

暮雨旌旗湿未干,胡烟白草日光寒,昨夜将军连晓战,蕃军只见马空鞍——胡烟:胡地的风烟。将军:指封常清。蕃军:指胡军。蕃:附属。这是组诗的第六首。写翌日所见。战旗被夜来的阵雨浸湿了,白天犹自潮润,昨日战场上的狼烟、战尘犹自蜷伏于低空,悄悄啜泣着一份悲凉和伤感,惊魂甫定。白草萋萋,起伏摇曳,吞没着未寒的尸骨和腥臭血污,边疆日光被如鬼魅身影般幽青的杀气笼罩着,也显得惨白刺目,冷森逼人。封将军一夜征战,斩首无数,敌尸遍野,血流成河,只见胡骑无主,空驮马鞍,四处逃散。

这是一篇组诗,分为六章。分次叙写出阵前紧张肃杀的环境氛围、大战告捷、大获全胜后的凯旋回师、战场恶战及战后战场阴森狼藉之景。每章既可独立为一首诗,也可作为组诗之一,合成一组气势恢弘,波澜壮阔的交响曲。诗既为呈献诗,不免歌功颂德、谀美逢迎、踵事增华的旧套,岑参作意却出奇之,他未将视角过多倾斜于战场描写,而多着墨于唐军高涨雄壮的士气、辉煌动荡的场面,他把对封氏个人的褒美谀逢融入于浩荡的场面描写和敌军狼狈受缚、落荒而逃的反衬中,这既增加了呈献诗的真实感、可信度,免于谄媚的腻滑,也增强了诗歌的形象性、画面美。第四首洗兵秣马一节,将摇荡鼓噪的画面沉静下来,荡开一空灵闲静、优美曼俏的一角,让人有扑面如新的清新感。

登北庭北楼呈幕中诸公

【题解】

诗作于北庭都护府治所北庭。诗着力描写了塞外的荒凉秋景,抒发了诗人悠悠乡思以及虽幸逢明主,却未尽志愿的遗憾。

> 尝读西域传,汉家得轮台,
> 古塞千年空,阴山独崔嵬。
> 二庭近西海,六月秋风来,
> 日暮上北楼,杀气凝不开。
> 大荒无鸟飞,但见白龙㟀,
> 旧国眇天末,归心日悠哉。
> 上将新破胡,西郊绝烟埃,
> 边城寂无事,抚剑空徘徊。
> 幸得趋幕中,托身厕群才,
> 早知安边计,未尽平生怀。

【新解】

尝读西域传,汉家得轮台,古塞千年空,阴山独崔嵬——西域传:指《汉书·西域传》载,李广利破大宛后,"西域震惧,多遣使来贡献。"于是汉朝设亭于西域,"轮台、渠犁皆有田卒数百人,置使者校尉领护,以给使外国者"。古塞:指古轮台。崔嵬:高耸貌。《诗经·小雅·谷风》:"习习谷风,维山崔嵬。"四句写诗人从史书中得知,轮台为古塞,曾归附于汉朝,后经千年,历史陈迹已潇潇如入烟云,不可再见,亘古永存的阴山犹自崔嵬高耸,岿然屹立,千年不变。

二庭近西海,六月秋风来,日暮上北楼,杀气凝不开——二庭:一说为贞观十三年(639年)西突厥分裂为二,一为北庭,一为南庭,二庭在玄宗时属安西、北庭节度使统辖;一说为汉代车师前国王治交河城,称前王庭,后国王治涂谷(即唐代北庭8),为后王庭。西海:未详其址。一说为新疆博斯腾湖,一说为泛指西部极远处的海。杀气：指秋日肃杀萧索之气。四句写二庭毗邻西海之地，六月内地正是暑热之时，边塞秋风已过早地驾临。日暮黄昏登北庭北楼高瞻远瞩，天高气爽，万物尽着秋之苍白，一种肃杀的衰机沉凝于秋气中。

大荒无鸟飞，但见白龙𪅃，旧国眇天末，归心日悠哉——大荒：边塞。白龙𪅃：即白龙堆沙漠，见前《登北庭北楼呈幕中诸公》注。白龙堆在新疆南部，此处当为沙漠的泛指。四句写荒塞天高地远，环境尤为艰辛，连飞鸟都不至，唯有一望无垠的白茫茫大沙漠惨白纯净得似乎过滤掉生命，伸展着死亡的荒凉。故乡渺远似乎不在空气中，归心又日日潜滋暗长，噬咬着诗人的心。

上将新破胡，西郊绝烟埃，边城寂无事，抚剑空徘徊——上将：指封常清。新破胡：刚征服胡地。边城：未确指，也可指北庭。四句写刚经历战斗，胡地投降，北庭西郊暂且寂静下来，战争的烽烟、埃尘也渐渐沉淀，空气明净清新如许，闲来无事，诗人忽有兴致抚剑独上北楼，逡巡徘徊，瞻望四极，念天地之高远深长，抚今追昔，一丝迷惘惆怅袭上心头。

幸得趋幕中，托身厕群才，早知安边计，未尽平生怀——托身：寄身仕途。厕：插足，置身。安边计：安抚边疆大计。四句由上之登楼四望，生发思古抚今之幽情，诗人不禁情动于衷，感慨万千，今幸得明主赏识，忝列群才，趋幕有对，叹胸中安边大计、鸿图高志，难一施无余、效国报君。

"秋"与诗人自古即有不可解脱的复杂情结，而"登高"易感亦无时不感怆着诗人深心潜处的宇宙意识。陈子昂《登幽州台歌》"前不见古人，后不见来者。念天地之悠悠，独怆然而泣下"，三国曹操"登高即赋"，王粲《登楼赋》都在抒发一种宇宙无穷、人生短促的悲凉情绪。此篇岑参登楼远望，边塞刚靖定，天高地远，气肃神清，诗人应多一份明净轻松感，而飒飒秋风、肃杀秋气还是让诗人落入无边的惆怅伤感中，诗人心绪又难以确指，是一种统合的、交织的、复杂的集合体，思古之幽情、悲秋之落寞、乡情之缭绕、岁月不我待……这些沉淀成诗的色调，为诗着上秋的颜色。诗人并不直抒胸臆，而将这种莫名的心绪融入环境描写中，以景衬情，使诗歌多一层回响，多一种情思，蕴藉悠长，发人深省。

火山云歌送别

火山：见前《经火山》注。全诗描写火山云的奇异景致。

火山突兀赤亭口，火山五月火云厚。
火云满山凝未开，飞鸟千里不敢来。
平明乍逐胡风断，薄暮浑随塞雨回。
缭绕斜吞铁关树，氤氲半掩交河戍。
迢迢征路火山东，山上孤云随马去。

　　火山突兀赤亭口，火山五月火云厚。火云满山凝未开，飞鸟千里不敢来——突兀：高耸貌。赤亭：见前《武威送刘单判官赴安西行营便呈高开府》注。此四句写火山赫然耸立于赤亭，五月暑热难当，热浪腾腾，火山上空吞吐着浓重得几近于凝固的厚厚云层，像群群卧兽匍匐于空中，伺机寻衅，千里之内渺无鸟迹。

　　平明乍逐胡风断，薄暮浑随塞雨回。缭绕斜吞铁关树，氤氲半掩交河戍——乍：忽然。浑：完全；全。铁关：见前《银山碛西馆》注。氤氲：云气弥漫貌。交河戍：此指交河的戍楼。交河，见前《武威送刘单判官赴安西行营便呈高开府》注。四句写火山云早晨会与风沙缱绻，风过云散，薄暮时又会驾着阵雨悠悠降临。其云缭绕回旋，盘伏吞噬着铁关的树木，交河的戍楼也在其笼罩中忽明忽暗地瑟缩着身子。

　　迢迢征路火山东，山上孤云随马去——征路：旅途。火山东：指友人将向火山东部进发。二句写友人将行向火山东部，火山片片雾云也依依不舍伴君前行，慰君孤旅。

　　诗以歌火山云道送别。前八句皆描写火山云，其浓厚沉凝，释化不开，驾风逐雨，乍断又合，缭绕弥漫，吞没树影，诗人抓住它的千姿百态，绘声绘形地描写，给人极深的印象。"平明"四句尤见其绘景之不俗。诗人用活泼生动的笔法将火山云晨去暮回，追风逐雨之状拟人化出，形象妙肖，耐人咀嚼。四句亦对偶紧切，严整中见出虚跳灵活的笔法。

白雪歌送武判官归京

　　武判官：未详。诗写雪中送行，为岑参边塞诗代表作。"忽如"句尤为人传诵。"忽如"，一作"忽然"，"百丈"，一作"百尺"。

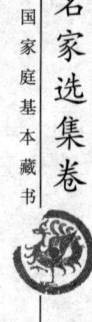

　　北风卷地白草折，胡天八月即飞雪。
　　忽如一夜春风来，千树万树梨花开。
　　散入珠帘湿罗幕，狐裘不暖锦衾薄。
　　将军角弓不得控，都护铁衣冷难着。
　　瀚海阑干百丈冰，愁云惨淡万里凝。
　　中军置酒饮归客，胡琴琵琶与羌笛。
　　纷纷暮雪下辕门，风掣红旗冻不翻。
　　轮台东门送君去，去时雪满天山路。
　　山回路转不见君，雪上空留马行处。

新解

　　北风卷地白草折，胡天八月即飞雪——北风卷地：北风像卷地一样袭来，形容风极劲厉。白草：见前《武威送刘单判官赴安西行营便呈高开府》注。折（shé）：断。二句写西北边塞卷地北风一夜袭来，尽吹断八月白草，暑气刚消，秋气尚朦胧，冬雪已铺天盖地撒满边塞。

　　忽如一夜春风来，千树万树梨花开——二句写大雪纷飞，一片银装素裹，凋尽绿意、枯枝残叶的树木如忽遇习习春风，好似千条万条尽绽放着美丽素洁的梨花。梨花：指雪花。

　　散入珠帘湿罗幕，狐裘不暖锦衾薄，将军角弓不得控，都护铁衣冷难着——珠帘：用珍珠串成的帘子。罗幕：用丝罗作成的帐幕。狐裘：用珍贵狐皮做成的暖裘。锦衾：用锦缎为面的被子。将军：指封常清。控：拉弓。四句写狂风卷荡着雪花，冲入珠帘，黏附上罗幕，弄湿了帐篷。如此天寒地冻，大雪冰封，只觉身上的狐裘也不暖和。将军的用兽角装饰的宝弓也冻凝住了，拉不开，铠甲更是冰冷，难以着身。

　　瀚海阑干百丈冰，愁云惨淡万里凝——瀚海：即沙漠。阑干：纵横貌。惨淡：凄凉的景象。二句写茫茫边域，白雪皑皑，千丈冰凌纵横交错，利如剑戟，森如虎齿，蔚为壮观。云作惨淡愁态，凝空万里，似不堪重负。

　　中军置酒饮归客，胡琴琵琶与羌笛——中军：本为三军之一，三军见《轮台歌奉送封大夫出师西征》注。此处指军营中。归客：指武判官。胡琴琵琶与羌笛：三种皆为胡地乐器。胡琴：泛指胡地乐器，非今之胡琴。琵琶：见前《凉州馆中与诸判官夜集》注。羌笛：笛类，有三孔、四孔、五孔之别。二句写中军帐中置酒摆宴，送武判官归京，并有西域乐器奏乐佐觞，外面冰封雪盖，帐内其乐也融融。

　　纷纷暮雪下辕门，风掣红旗冻不翻——纷纷：雪下纷纷扬扬貌。辕门：见前

《献封大夫破播仙凯歌六首》第四首注。掣：牵曳。翻：飘扬。二句写帐外大雪依然纷纷扬扬，如柳絮似片羽，北风肆虐，凛冽刺骨，辕门外的红旗似也被寒冷的天气冻住了，难以飘扬，畏缩地紧抱着僵硬的身子。

轮台东门送君去，去时雪满天山路。山回路转不见君，雪上空留马行处——君：指武判官。去：离开。天山：横亘新疆维吾尔自治区东西，长六千里，从轮台向长安，须横跨天山。四句写宴罢话别，送君东门，白雪皑皑，银色迷离，一时难辨东西，雪壅塞住了去往天山的路，武判官峰回路转，几经周折，终于越走越远，消失在茫茫天宇间。两行透迤蜿蜒、深浅交错的马蹄印划破了宇宙间原有的浑茫和谐，一直飘渺到远方不知处。

岑参二次出塞写了大量的描写塞外壮美奇丽风光的诗歌，此诗更是其压卷之作。诗人无时无刻不留意、关注着身边的奇美自然，并灵心独运，作意出奇，奇景奇语，交会天成。此诗写边塞雪景，边塞雪的特异处在其来之早、量之大、天之冷，兼之平野莽原，一望无垠，造就边域雪景的极壮阔雄浑，又瑰奇秀逸的特异景观。"忽如"二句写雪里树枝的秀逸婉媚，出奇之想令人叫绝。"散入"四句更从各个角度写天气的寒冷，直有哈气成冰的人间难见的冷冽。"瀚海"二句写冰凌百丈悬垂，愁云惨淡乌合，亦唯是西域绝景不为内地见也。诗人前面着意写景，后段才渐由置宴转入送别，层次清晰，结构匀净。末句但见"雪上空蹄"，茫茫白雪，君行已远，直有"篇终结浑茫"的效果，韵味隽永。方东树评此诗："奇峭，起飒爽。'忽如'六句，奇才奇气，奇情逸发，令人心神一快。"(《昭昧詹言》卷十二)可帮助我们体会此诗之妙。

赵将军歌

赵将军：未详。歌：岑参常用"歌"冠诗题，尤其表现在第二次出塞时所作的诗歌中。其中既有歌行体之体裁含义，也有格调高扬、声情激荡的诗旨用意点示。此篇应属后者。诗写边塞苦寒及边军与胡族人民洽欢相融的动人场面。"单于"，一作"将军"。

九月天山风似刀，城南猎马缩寒毛，
将军纵博场场胜，赌得单于貂鼠袍。

九月天山风似刀，城南猎马缩寒毛——天山：见前《白雪歌送武判官归京》注。城南：庭州城南郊野。边军与胡民集会相戏于此。二句写边塞刚进入金秋九月，已冷峭寒冽如严冬，北风呼啸，卷地袭来，其劲厉、冰冷之势直如刀剑乱舞，割人脸面。北庭城南猎马在寒风中瑟瑟发抖，蜷局不安。

　　将军纵博场场胜，赌得单于貂鼠袍——将军：指赵将军。纵：放任自己。博：指赌博游戏。单于：见《轮台歌奉送封大夫出师西征》注。貂鼠袍：用貂鼠皮做成的暖裘。貂鼠：即貂，体细长，色黄或紫黑，皮毛极轻暖珍贵。二句写北庭城南唐军与边地少数民族将领博戏相乐，欢洽相与的热闹场面。赵将军纵恣赌场，回回得胜，竟赢得胡族将领的珍贵貂裘。

　　诗每二句为节。前一节写胡地风寒，后一节截取城南集会一幕，写赵将军博戏得胜。集会的热闹场面置于寒风刺骨、马毛蜷缩的环境背景中，以天之冷反衬两族人民欢洽相与的其乐融融、热情洋溢，手法独特而老到。全诗节奏明快，用笔爽利劲健，画面简洁而鲜明生动，风格豪迈不羁。

热海行送崔侍御还京

　　热海：今吉尔吉斯斯坦境内的伊塞克湖。唐时属北庭都护府管辖。《大慈恩寺三藏法师传》卷二："清池亦云热海，以其对凌山不冻，故得此名，其水未必温也。周千四五百里，东西长，南北狭，望之淼然，无待激风而洪波数丈。"热海并不热，岑参用夸张笔法写之，又是另一种景象。行：诗之体裁，与"歌"同，即歌行体。崔侍御：不详。侍御，官职名，又称侍御史，唐有侍御史、殿中侍御史、监察侍御史，属御史台，掌殿廷供奉之仪，行监察之职，或奉使出外执行指定任务等。诗描写热海的奇异风光。"中有鲤鱼长且肥"下有注"海中有赤鲤"。"为之薄"，一作"为君薄"。

　　　　侧闻阴山胡儿语，西头热海水如煮。
　　　　海上众鸟不敢飞，中有鲤鱼长且肥。
　　　　岸旁青草常不歇，空中白雪遥旋灭。
　　　　蒸沙烁石燃虏云，沸浪炎波煎汉月。
　　　　阴火潜烧天地炉，何事偏烘西一隅？

势吞月窟侵太白，气连赤坂通单于。
送君一醉天山郭，正见夕阳海边落。
柏台霜威寒逼人，热海炎气为之薄。

　　侧闻阴山胡儿语，西头热海水如煮——侧闻：从旁听说。岑参未曾亲到热海，故有全诗夸张不实的描写。阴山：参见《轮台歌奉送封大夫出师西征》注。胡儿：胡族少年。二句写热海未曾亲到，却听闻胡儿极夸张声势言其热气滚滚，如沸腾的开水。

　　海上众鸟不敢飞，中有鲤鱼长且肥——二句说由于热海水烫如煮，温度过高，鸟儿也不敢飞度，生怕被其热浪吞没，然而海内鲤鱼却优游自在，长得又大又肥美。

　　岸旁青草常不歇，空中白雪遥旋灭——歇：停止生长。旋：刹那间。二句写热海岸旁由于气温偏高，四季如春，青草长势很旺，终年不凋，空中偶尔飘来的雪花也会被蒸腾的热气冲击，旋即化为点点水珠和缕缕蒸气，然后消失得无影无踪。

　　蒸沙烁石燃虏云，沸浪炎波煎汉月——烁：同"铄"，销融。煎：烤。二句极夸张之至。热海炎气浓烈似火，沸腾如煮，可销铄沙石，可燃烧彩云，皎月也似受着狂澜巨波裹挟着热气的煎煮。

　　阴火潜烧天地炉，何事偏烘西一隅——阴火：热海热气行于地下，故曰。天地炉：见《经火山》注。二句为诗人天马行空的想象。热海如沸，当是氤氲化生万物的阴阳炉支立于此，在地下潜炙暗烤，催生生命，造化有情，否则如何偏于这西隅有此火炉般的热海奇观？

　　势吞月窟侵太白，气连赤坂通单于——月窟：见前《北庭贻宗学士道别》注。太白：见前《武威送刘判官赴安西行营便呈高开府》注。赤坂：未详。单于：匈奴君主的称号。这里代指古匈奴所据的西隅边地。二句写热海热气滚沸四方，气通八极，高可逼星空，远可及月窟，气连赤坂、单于，如暗火在地下潜流暗涌，如狂焰吐舌万丈。

　　送君一醉天山郭，正见夕阳海边落——君：指崔侍御。天山郭：天山下的城郭，疑指轮台，轮台在天山北。二句写于轮台为崔侍御摆宴饯行，醉饮狂歌，夕阳酡红如醉，缱绻徘徊，终于被热海吞没了。

　　柏台霜威寒逼人，热海炎气为之薄——柏台：御史台。因汉御史台府曾种植很多柏树，后世称御史台为柏台。此处指崔侍御。霜威：御史台管监察弹劾，严正不苟，执法如山，如严霜之威不可侵犯。此处形容崔侍御的清正廉明的品格作风。薄：削弱。二句写崔侍御察访边域，威严峻厉，其凛然如霜的正气直可使热海的炎毒、热浪为之削弱。

诗写热海奇观。诗人既然未曾亲睹,不过旁听侧闻片言琐语,而热海之奇已给诗人留下极深的印象。诗人凭其天马行空般的想像力,作意出奇,匠心独运,将热海的奇景壮观,以极夸张率意的艺术手法描画出来,水烫如沸,热浪排空,蒸沙烁(铄)石,煎煮明月,气吞银汉,潜涌阴火。这些生动逼真,又响落天外的瑰奇意象使人目不暇给,拍案叫绝。"蒸沙"二句用字浓烈,急如投石,蒸、烁(铄)、燃、沸、炎、煎,既有视觉的冲击力,也如紧锣密鼓,皇皇入耳,震撼于读者听觉。全诗纵横捭阖,变化无穷,气势宏伟壮阔,波澜起伏,用字极张声势,浓烈致密,奇语奇字,不排夸张之嫌,恣意挥洒,大胆而自信。岑参亦抛弃了写实的手法,充分鼓动起天才的想象力,纯任虚构,心骛八极,制造其美轮美奂的想象世界,使全诗变化莫测,意象惝恍,瑰丽奇幻,极具艺术魅力。

送四镇薛侍御东归

四镇:指安西四镇。薛侍御:不详。侍御,见前篇注。从诗的内容可知,此诗约写于天宝十五载(756)初,时安史之乱已爆发,玄宗令安西四镇节度使封常清赴东京(洛阳)招募军队抗击叛军。封氏败,退守潼关,玄宗削其官职,不久又诛杀之。而封常清属下的幕僚亦东奔西散。诗写送友人东归,就抒发这种悲郁迷茫的情绪和潜隐的退隐心理。

相送泪沾衣,天涯独未归,
将军初得罪,门客复何依?
梦去胡山阔,书停陇雁稀,
园林幸接近,一为到柴扉。

相送泪沾衣,天涯独未归,将军初得罪,门客复何依——将军初得罪:见本诗题解。门客:古代有养士之风,一些受食于某贵族官僚并为其出谋划策的士人被称为门客。此制秦后已不行。此处"客"指幕宾,可作广泛理解,不必具体认为指岑参。四句写与友人相别,不禁黯然神伤,泪洒襟衫。尤其诗人仰仗的封常清得罪受诛,势如大山坍塌,自己再无可凭依,天涯独行,乡关何处?自己仍羁留边荒,何日可如故鸟投林,再回家园?

梦去胡山阔,书停陇雁稀,园林幸接近,一为到柴扉——胡山:胡地山峦。阔:远。陇雁:汉武帝遣苏武出使匈奴被拘不屈,徙居北海上牧羝。汉求武,匈奴诈称已死。武使吏诡言武帝射上林苑中,得一北来鸿雁,足有系帛书,知武未死。诗用此事,言家信未得雁足传递,音信难通。柴扉:柴门。扉:门扇。四句写魂牵梦绕的乡愁天天噬咬着诗人,梦曾回归却家遥万里,重山叠嶂、亘空横阻,使自己的乡梦亦只能徘徊于山外不得圆,借陇雁传书,遥寄乡情,也只能望洋兴叹而做罢了。仕宦多年,遇此事变,诗人忽然升起浓重的悲凉无助情绪,大概唯一可寄托身家性命的地方是宁静恬淡,远离尘嚣的田园吧。

封常清是岑参高照的吉星,他关合着诗人的仕途,也关合着诗人的诗歌。岑参二次出塞,其诗歌的瑰丽奇幻、多彩多姿,得自于封常清的祥云吉照,他的没落也标志着岑诗开始走向他略带苍凉萧瑟感的"晚期"。此诗已显出此种衰杀气。诗人再没有受庇于封将军荫翳下的那份高亢的淡定、劲峭的从容,他从热情澎湃、诗情鼓荡的峰巅一下子跌落下来,浅吟着灰色的悲伤奏鸣曲,带着一份酸涩的迷惘茫然打量着人生。首句"相送泪沾衣",不仅有离别的黯然神伤,更有大势已去,无可奈何、无所归依的痛苦。"将军"二句深婉沉重,如泣如诉。末二句,尤为惨淡经营,一个"幸"字含蓄深长,诗人似平复悲伤并以一份清凉淡定、宠辱皆忘的明净心态笑对凄凉人生的无可选择,直让人有惨淡之感。

优钵罗花歌并序

优钵罗花:梵语音译,义为青莲。花瓣长而广,青白分明,佛书中多用以喻比人眼目。《宸垣识略》卷五:"其花开必四月八日,至冬结实。"从诗序中有"天宝景申岁",知此诗写于天宝十五载(756)丙申(即至德元年,"景"为避讳改),岑参尚在北庭时作。诗写优钵罗花,而暗寓兴寄,抒发世间怀才不遇的抱道君子之感慨。

参尝读佛经,闻有优钵罗花,目所未见。天宝景申岁,参忝大理评事,摄监察御史,领伊西北庭度支副使,自公多暇,乃于府庭内栽树种药,为山凿池,婆娑乎其间,足以寄傲。交河小吏有献此花者,云得之于天山之南。其状异于众草,势虬欤如冠弁,巍然上耸,生不旁引,攒花中拆,骈叶外包,异香腾风,秀色媚景。因赏而叹曰:"尔不生于中土,僻在遐裔,使牡丹价重,芙蓉誉高,惜哉!夫天地无私,阴阳无偏,各遂其生,自物厥性。岂以偏地而不生乎?岂以无人而不芳乎?适此花不遭小吏,终委诸山谷,亦何异怀才之士未会明主,摈于林薮耶?"因感而歌。歌曰:

  白山南,赤山北,
  其间有花人不识,绿茎碧叶好颜色。
  叶六瓣,花九房,
  夜掩朝开多异香,何不生彼中国兮生西方?
  移根在庭,媚我公堂,
  耻与众草之为伍,何亭亭而独芳?
  何不为人之所赏兮,深山穷谷委严霜?
  吾窃悲阳关道路长,曾不得献于君王。

  小序交代了创作此诗的背景。忝:自谦之词。大理评事:唐代大理寺设有"评事十二人,从八品下,掌出使推核"(《旧唐书·职官志》)。摄:代理,兼职。监察御史:属御史台,掌分察百官、巡查地方诉讼等事。伊西:即伊西节度。度支副使:应为支度副使(据闻一多《岑嘉州系年考证》)。《新唐书·职官志》:"凡天下边军,有支度使,以计军资粮仗之用。每岁所费,皆申度支会计,以长行旨为准。"支度副使当为其从官。公:公事。婆娑:起舞,一说为偃息。茏苁(lǒngzǒng):山孤立高耸貌。冠弁:弁,冠名。古代男子穿礼服时所戴的冠。又分皮弁(用以狩猎时戴)及爵弁(用以祭祀)。嶷然:高耸貌。生不旁引:指花不蔓不枝,不牵连杂错。攒花中拆:指花瓣丛聚,中有分拆。骈叶:两叶相对并生。遐裔:偏远的边域之地。裔,裙边,比喻远方。天地无私、阴阳无偏:指天地化生万物没有厚此薄彼之别。自物厥性:任物之自性而生长。厥,其。岂以无人而不芳:《孔子家语·在厄》:"芝兰生于深林,不以无人而不芳;君子修道立德,不为穷困而败节。"适:若,假设词。委:委弃。摈:弃。

  白山南,赤山北,其间有花人不识,绿茎碧叶好颜色——白山:即天山。赤山:火山。火山因含赤砂石,山体呈红色,故名。四句写在天山南部、火山北部,一种人未曾识的奇花异草生长于其间,其茎干、叶片皆晶莹玉润,浓绿如翡翠,亭亭匀秀,美丽婀娜。

  叶六瓣,花九房,夜掩朝开多异香,何不生彼中国兮生西方——叶六瓣,花九房:叶有六片,花有九瓣。按此六、九未必为实数。四句写此花碧叶六片,蓊蓊如齐,花瓣有及,色如凝脂,夜晚掩合如羞,清晨幽心静放,笑对骄阳,其香清幽淡雅,沁人心脾,叹此花为何生于寒荒西域,而不生于物华天宝、人杰地灵的中原大地,使有道之士、高洁君子但有知音之赏、惺惺相惜,而不能植于静室,相濡以沫。

移根在庭,媚我公堂,耻与众草之为伍,何亭亭而独芳?何不为人之所赏兮,深山穷谷委严霜——公堂:官署、衙门。媚:悦。亭亭:孤峻高洁之貌。此段写将此花移于官署,使其高情逸态、淡放幽香涤尽官署锈染浊蚀的纷纭伧俗气,增其恬淡,秀其玉色,也使诗人日日得以耳濡目染,声气相求。叹此花高洁秀逸,幽香独放,亭亭静植,不蔓不枝,有君子澹泊明净之心,有贞女沉静清淑之态。耻于与众草为伍,择地而居,深山幽谷,冰霜侵逼,抱寒寂对幽冷亦淡定自若,无怨无艾,不因无人而不芳,不为孤影而自怜。如握瑾怀瑜的君子啸傲林薮,抱道自持,也绝不同流合污,和光同尘。

吾窃悲阳关道路长,曾不得献于君王——阳关:关名。在今甘肃敦煌县西南,以居玉门关之南而名。汉置,为古代通往西域的要隘。二句写诗人叹此花清雅高洁,如高尚其志的隐士,定是佐王的股肱大才,必当献于君王以其光明和德化布于天下,怎奈山长水阔,阳关路远,君王难致。

香草美人以比君子,肇自《诗经》、《楚辞》,后世文人每每会有此对香草而自怜的情结。岑参此诗也是托物兴寄,借花喻君子,抒世间高尚其志的君子,叹他们不能遭遇明主,和光同尘,而穷寒孤处,深思高举,放荡江湖,不能成拯济苍生、经世治国的宏图大志。青莲花开于异域绝峰,"风刀霜剑",悲风清月,铸就其严霜般的冷峻孤傲,也成就其超迈绝俗的明媚鲜妍。隐士与青莲固有惺惺相惜、灵犀独会的一点。此处诗人虽未局于他抒己之怀才不遇的牢骚,却也暗示出中国古代士人命运沉浮、不能自主的悲凉待遇。

此诗为歌行体,形式灵活自如,多用散句,穿插变化,以韵调、用意来调节字句,流畅和谐,调如辘轳,而圆转自如。词不妩媚,而清秀淡朴、婉转有致,也颇合于诗的内容和格调。

与独孤渐道别长句呈严八侍御

独孤渐:不详。长句:唐人以七言古诗为长句。严八侍御:指严武。严武,字季鹰,华阴(今陕西华阴县)人,与杜甫亦交友甚契。侍御:见前《热海行送崔侍御还京》。《新唐书·严武传》:"累迁殿中侍御史,从玄宗入蜀,擢谏议大夫,至德初赴肃宗行在。"玄宗于天宝十五载(至德元年,756)入蜀,此诗当作于此前。诗一写送别独孤渐,对其仕途坎坷给予同情;二写自己幕僚生活及思乡之情;三亦兼赠严武以问别来之情。"西南",一作"西来"。"罗幕",一作"帷幕"。"红裙",一作"罗裙"。

轮台客舍春草满,颍阳归客肠堪断,
穷荒绝漠鸟不飞,万碛千山梦犹懒。
怜君白面一书生,读书千卷未成名,
五侯贵门脚不到,数亩山田身自耕。
兴来浪迹无远近,及至辞家忆乡信。
无事垂鞭信马头,西南几欲穷天尽。
奉使三年独未归,边头词客旧来稀,
借问君来得几日,到家不觉换春衣。
高斋清昼卷罗幕,纱帽接䍦慵不着。
中酒朝眠日色高,弹棋夜半灯花落。
冰片高堆金错盘,满堂凛凛五月寒。
桂林蒲萄新吐蔓,武城刺蜜未可餐。
军中置酒夜挝鼓,锦筵红烛月未午。
花门将军善胡歌,叶河蕃王能汉语。
知尔园林压渭滨,夫人堂上泣罗裙。
鱼龙川北盘溪雨,鸟鼠山西洮水云。
台中严公于我厚,别后新诗满人口,
自怜弃置天西头,因君为问相思否?

轮台客舍春草满,颍阳归客肠堪断,穷荒绝漠鸟不飞,万碛千山梦犹懒——颍阳归客:岑参自谓。岑参早年曾移居颍阳,有太室别业于此,他早期诗屡有这种自称。穷荒绝漠:指荒僻穷陋、人迹罕至之处。梦犹懒:指家乡因隔千山万碛,连梦都嫌路长难以到达。四句写春天又来到人间,春风吹绿了青草,萋萋迷迷,绿满了大地。别家三载,处此穷荒绝漠、鸟迹罕至的边地,诗人乡愁亦潜滋暗长,如弥漫的绿意,充满寰宇,让诗人望家乡眼欲穿、肠几断,故乡又山长水阔知何处?连回乡之梦也会由于万重山岭、千重沙漠而作断。

怜君白面一书生，读书千卷未成名，五侯贵门脚不到，数亩山田身自耕——君：指独孤渐。白面一书生：文弱的读书人。五侯贵门：指高官显贵之家。《汉书·元后传》："河平二年，上（成帝）悉封舅（王）谭为平阿侯、商成都侯、立红阳侯、根曲阳侯、逢时高平侯，五人同日封，故世谓之五侯。"四句写独孤渐读书破万卷，经纶满腹，文才横溢，怎奈不过一文弱书生，功未遂，名未达，宦途潦倒，人生不得意，他也不愿谄媚高官，卑事王侯，以奴颜婢膝求只官片位，而宁可长守穷寒，方田自耕，渔钓自乐。虽蓬门荜户，家徒四壁，只落个清心寡欲，乐道安贫。

兴来浪迹无远近，及至辞家忆乡信。无事垂鞭信马头，西南几欲穷天尽——浪迹：放浪形迹，无有定所。信马头：信马由缰，漫无目的。四句写独孤渐的家居生活。在家兴之所至，必放浪形迹，游山玩水，不论远近，辞家而不思家。待到兴尽时，方忆及家乡，才归心似箭。闲来无事，即无公事缠身，亦不必苦心孤诣攀附权贵，自是悠哉悠哉，日日信马由缰，行如萍踪，西南盛景几被踏遍，名山大川已被饱览。

奉使三年独未归，边头词客旧来稀，借问君来得几日，到家不觉换春衣——君：指独孤渐。此四句又转写岑参。岑参从天宝十三载（754）入封常清幕府至此已三个年头，乡关之情日日煎熬着未归的游子，北庭幕中可与诗人和诗酬唱、步风舞月的同道诗友越来越少了，独孤渐也将弃诗人而去，怎不令孤独寂寞的诗人倍感凄凉？从独孤渐来边塞的日程即可推知回家所用的时间，则到家时该已季过时迁，改换春装了吧。

高斋清昼卷罗幕，纱帽接䍦慵不着，中酒朝眠日色高，弹棋夜半灯花落。冰片高堆金错盘，满堂凛凛五月寒——高斋：高堂。罗幕：丝罗做成的幕帐。纱帽：南北朝至隋时为显贵者所戴，唐代成为普通便帽。后唐马缟《中华古今注》卷中曰："武德九年（626）十一月，太宗诏曰：自今已后，天子服乌纱帽。百官士庶皆同服之。"接䍦（lí）：白头巾。慵：慵懒闲散。中酒：醉酒。弹棋：见前《沣头送蒋侯》注。灯花：灯心的余烬，爆成花形，燃至一定程度，自行垂落，此处言夜已深沉。冰片：冰块，古人冬季将冰块用地窖冷藏起，夏季取出以降温沁凉。金错盘：用金丝雕饰的盘子。凛凛：寒貌。此六句写独孤渐归家后慵懒闲适、自由自在的生活。庭院内无车马之喧，高堂上无疲惫应酬，白天也罗幕半卷，纱帽接䍦高高挂起，早已尘封多日。酒后酣睡，日至中天，犹自沉眠，夜晚博戏作乐直至夜深人静。桌上放置着高贵的以金丝为纹饰的白玉盘，中有消暑的冰片堆积成小山状，晶莹剔透，寒气凛凛，满堂热气为之退却，沁凉如玉，丝丝乍人。

桂林蒲萄新吐蔓，武城刺蜜未可餐——桂林：其地不详。蒲萄产于新疆，故当指西域某地。蒲萄：即"葡萄"。吐蔓：枝条刚发。武城：在今新疆吐鲁番附近。刺蜜：草名。其上生蜜，可类蜂蜜，故名。此二句为转至边塞生活作过渡，点明边塞所处的节气时间，与首句相应。此时边塞春初至，葡萄藤刚刚吐蔓发芽，刺蜜草还稚嫩矮小未酿成蜜。

军中置酒夜挝鼓，锦筵红烛月未午。花门将军善胡歌，叶河蕃王能汉语——挝（zhuā）鼓：击鼓。月未午：从月亮的位置看，还未到午夜（半夜）。花门将军：花门，见前《凉州馆中与诸判官夜集》。花门将军，指驻扎花门的唐朝边将。叶河：地名，属北庭都护府管辖。在今新疆乌苏县境。此四句写轮台军帐生活，及汉蕃两族军民同乐的欢洽场面，军帐中置酒摆宴，擂鼓助势。筵会上红烛高照，灯火通明，花门将军唱起欢快动听的胡人歌，其声情并肖，煞有介事，叶河蕃王说起汉地方言也惟妙惟肖，煞有介事。

知尔园林压渭滨，夫人堂上泣罗裙。鱼龙川北盘溪雨，鸟鼠山西洮水云——尔：指独孤渐。园林：指独孤渐家乡的园林风景。压：胜过。渭滨：渭水滨。夫人：指独孤渐的夫人。鱼龙川：即龙鱼川。《水经注·渭水》："渭水出鄠县之蒲谷乡弦中谷。……其水东北流，历涧注以成渊，潭涨不测，出五色鱼，俗以为灵，而莫敢采捕，因谓是水为龙鱼水，自下亦通谓之龙鱼川。"其水流经今陕西陇县，东南注入渭水。盘溪：《水经注·渭水》又载："渭水之右，磻（盘）溪水注之，水出南山兹谷，乘高激流，注于溪中，溪中有泉……即《吕氏春秋》所谓太公钓兹泉也。"知盘溪当在龙鱼川不远处。鸟鼠山：在甘肃渭源县西，渭水发源于此。洮水：水名，即今甘肃洮河，在鸟鼠山之西。四句写独孤渐家园园林之美，冠压渭水一带，夫人在家中暗泣红装。渭水附近名胜不胜枚举，北有鱼龙川和盘溪，西有鸟鼠山和洮水。

台中严公于我厚，别后新诗满人口，自怜弃置天西头，因君为问相思否——台：御史台。严公：严武，公为尊称。满人口：为人传诵。自：指岑参。因：凭。四句写严武身在京都长安御史台府中，与诗人知交甚厚，情谊相得，与严公别后多日，其诗尤为人传诵不绝。但怜诗人自己尚滞留塞外，两地相思，但凭独孤君此次回乡一问平安，权寄相思吧。

诗为七言歌行，篇幅宏大，洋洋洒洒，层次勾连紧密，关合自然，不露痕迹，写送别，又穿插自己的乡愁和军旅生活，叙独孤甘于贫贱，不求闻达，又不惜笔墨漫写其萍踪不定、浪游山水的逍遥自在和萧散疏阔、不拘小节的家居生活。诗人率诗兴所至，开合张弛，驰骋其意，用笔潇洒如行云流水，想象丰富，意象端呈，虚实交用，名物迭出，一诗之中风景迥异，或愁云缭绕，或笙歌燕舞，或落拓失意，穷困潦倒，或金玉满堂，悠游自在。从中可见诗人充沛横溢之才情及高超的艺术功力。沈德潜有评："此诗硬转突接，不须蛛丝马迹，古诗中另是一格。"（《唐诗别裁》卷五）

醉里送裴子赴镇西

裴子:不详。镇西:据《新唐书·地理志》载,安西节度于至德元年(756)更名镇西。此诗写醉醒相别,友人已远上天山的动人场面。"醒时",一作"待醒"。

> 醉后未能别,醒时方送君。
> 看君走马去,直上天山云。

醉后未能别,醒时方送君。看君走马去,直上天山云——四句写裴子将赴镇西,置酒作别,醉中朦胧,泪眼望君,依稀恍惚,但悲歌慷慨,击剑婆娑,以呈深情厚意,未能送君十里,洒泪作别。醒后追及,友人已走马入天山,但见天山巍巍,高耸入云,友人当在云深不知处,策马快行吧。

这是一首五言小诗,仅二十字。前二句写送别,"醉后未能别",暗示二人情谊很深,有王维"劝君更尽一杯酒,西出阳关无故人"之义。后二句写别后目送友人远去。诗人用形象画面表达难言的意蕴,友人走马入山,山与云齐,人与云合,三者绘成一幅静默和谐的云烟山水图,兴象玲珑,含蕴深远。山的巍峨静穆,云的卷舒自如,形成面的视觉效应,深静而格调雄阔浑茫;人的矫健行姿形成点的灵动感,如画龙点睛之笔,使天、地、人和谐统一的整体中,又突现出人的高岸健美和钟万物之灵气。诗写到此也戛然而止,画面深邃高远,清新明净,余味缭绕,颇耐人寻味。

田使君美人如莲花舞北旋歌 此曲本出北同城

田使君:不详。使君,唐对州郡官的称呼。美人:当指田使君家妓。如莲花舞:舞如莲花。北旋:一作"北铤",舞蹈动作,又为胡旋,出自康国(今乌兹别克斯坦共和国)。开元年间传入唐朝,并流行一时。白居易《胡旋女》诗曰:"弦鼓一声双袖举,回雪飘飘转蓬舞。左旋右旋不知疲,千匝万周无已时。人间物类无可比,奔车轮缓旋风迟。"北同城:《新唐书·地理志》:"北渡张掖河,西北行出合黎山峡口,傍河东壖屈曲东北行千里,有宁寇军,故同城守捉也。天宝二载为军。"在今内蒙古额济纳旗东南。这首诗描写北旋舞令人惊叹的舞姿和音乐。"高堂",一作"高台"。"红氍毹",一作"铺氍毹"。"曼脸",一作"慢脸"。"回裙",一作"回裾"。

如莲花,舞北旋,世人有眼应未见。
高堂满地红氍毹,试舞一曲天下无。
此曲胡人传入汉,诸客见之惊且叹。
曼脸娇娥纤复秾,轻罗金缕花葱茏。
回裙转袖若飞雪,左旋右旋生旋风。
琵琶横笛和未匝,花门山头黄云合。
忽作出塞入塞声,白草胡沙寒飒飒。
翻身入破如有神,前见后见回回新。
始知诸曲不可比,《采莲》《落梅》徒聒耳。
世人学舞祇是舞,姿态岂能得如此。

如莲花,舞北旋,世人有眼应未见。高堂满地红氍毹,试舞一曲天下无——红氍毹:红地毯。五句写北旋舞舞姿曼妙多姿,美如莲花,为世人难能观赏。高堂华屋,中置红毯一张,但请美人舞一曲,舞尽天下无双。

此曲胡人传入汉,诸客见之惊且叹——汉:指唐代。二句写此曲唐代方由胡人传入,众宾皆为之叫绝,叹为观止。

曼脸娇娥纤复秾,轻罗金缕花葱茏——曼:美。娥:娥眉,借指美女。纤复秾:纤为纤瘦,秾为丰腴,意为肥瘦适中。《洛神赋》有"纤秾得衷"。金缕:金丝。葱茏:形容花木繁茂。二句写田使君美人艳冶娇美、婀娜多姿,不胖不瘦,纤秾得衷,轻罗在身,上绣以葱茏花卉,如龙似凤盘绕其中,蹁跹起舞,恍若仙子。

回裙转袖若飞雪,左旋右旋生旋风——回:旋。二句写美人舞步急旋,千回万转,若回风舞白云,似轻波荡仙子。绣裙飘转如盛开的荷花,双袖飘飘若飞雪随风起舞。

琵琶横笛和未匝,花门山头黄云合。忽作出塞入塞声,白草胡沙寒飒飒——琵琶横笛:皆为胡地乐器。横笛:横吹之笛,当为羌笛,见前《白雪歌送武判官归京》。和未匝:伴奏未及一段。匝:周。花门:见前《凉州馆中与诸判官夜集》。寒飒飒:寒风飒飒。飒飒,风声。四句描写伴回旋舞的音乐。琵琶铿锵凄厉,横笛清越激昂,声随回旋舞作尽人间悲飒音,花门山头黄云舒展合拢,似作有情状,也集尽人间惨淡。忽而表现出塞、入塞那样悲壮苍凉的场景,使听者眼前恍惚横出一片胡沙莽莽、白草萋迷的画面,悲风飒飒,也似从堂上呼呼扑来。

翻身入破如有神,前见后见回回新——入破:唐大曲分段之一。大曲每套十二段,为散序、中序、破三大段,入破即破段的第一小段,曲调急促高亢。如有神:指动作便敏急促,若有神助。回回新:动作花样百出,新巧奇异。二句写音乐奏至入破的那段急促紧密、振奋激昂的曲子时,美人亦前转后旋,花样迭出,变幻多端,轻捷优美似有神助。

始知诸曲不可比,《采莲》、《落梅》徒聒耳。世人学舞祇是舞,姿态岂能得如此——《采莲》:曲名,见于《乐府诗集》之《清商曲辞》,多写男女相思之情。《落梅》:曲名,又称《梅花落》,汉之横吹曲,唐时仍流行。聒耳:声音嘈杂聒噪,使人心烦。四句写北旋舞曲新人耳目,使从未听闻的中原士人赞不绝口,但觉平日流行的经典乐曲《采莲》、《落梅》亦不过聒噪嘈杂,不堪入耳了。其舞亦曼妙传神,飘飘如仙,怎是世人学舞流于庸常,做点平淡无奇的动作可比的?

诗描写胡旋舞的美妙传神、急促跌宕和音乐的悲壮激昂,响遏行云。诗人变换各种角度,对它进行虚部生发、实景特描、旁衬比较、想象夸张,将胡旋舞的奇异尽形尽态地描画出。首句先设下悬念,引读者以期待之心,进而张设舞台背景,已带入异域情调,点染出一抹迷幻诱人的色调。接下写舞女风姿绰约,花团锦簇,为下面进入舞姿和音乐的直接描写作场面的铺垫。"回裙"二句,诗人借生动的比喻如画地展示其动态美感,不必尽形尽态,实虚互用中营造出一兴象玲珑的空间,让读者在联想中去丝丝生发。"琵琶"四句写音乐和给诗人带来的幻觉,也是虚实交替,听觉与视觉流转互动,既拓展了画面的空间,渲染出环境氛围,也将音乐之传神入妙不着痕迹地表现出,笔法颇为巧妙新颖。全诗用笔跌宕有致,高潮处如风起云涌,急促响动,意象联翩;平缓处亦细细涓涓,不拘粗笔。韵脚也疏落而富于变化。

行军二首 时扈从在凤翔

天宝十四载冬(755年)安史之乱爆发,太子李亨在灵武即位为肃宗,改年号为至德。至德二载(757),肃宗改行在为凤翔(今陕西凤翔)。岑参于此年亦从北庭奔赴凤翔,并得杜甫等人的推荐,作右补阙(属中书省,职务为侍从讽谏)。此诗即作于此时。行军:行营,指肃宗在凤翔的行在。扈从:随从天子车驾出行。第一首悲时乱,第二首叹自己功业难成。

其 一

吾窃悲此生,四十幸未老,
一朝逢世乱,终日不自保。
胡兵夺长安,宫殿生野草,
伤心五陵树,不见二京道。
我皇在行军,兵马日浩浩,
胡雏尚未灭,诸将恳征讨。
昨闻咸阳败,杀戮尽如扫,
积尸若丘山,流血涨丰镐。
干戈碍乡国,豺虎满城堡,
村落皆无人,萧条空桑枣。
儒生有长策,无处豁怀抱,
块然伤时人,举首哭苍昊。

吾窃悲此生,四十幸未老,一朝逢世乱,终日不自保——四十:时岑参四十二岁,四十为成数。四句诗人窃叹自己虽已四十,尚未及老,忽然遭逢世乱,终日惶惶不安,朝不保夕。

胡兵夺长安,宫殿生野草,伤心五陵树,不见二京道——胡兵:安禄山的军队。其军中多奚族、契丹族、突厥族,故称。夺长安:安禄山占领长安在战乱爆发的第二年(天宝十五载),时玄宗已入蜀,肃宗也已北去灵武。五陵:见《与高适薛据同登慈恩寺浮图》注。二京:唐以长安为西京首都,以洛阳为东京陪都。洛阳于天宝十四载(755)安史之乱爆发不久即已陷落。四句写叛军攻占了长安,天子及其皇室、百官大臣已仓皇逃离,皇宫内外凄凉荒落,野草离离。皇室寝陵也遭破坏。五陵原树默立风中,悲咽啜泣。二京陷没,只见威风凛凛、杀气腾腾的胡兵来往穿行于二京路上,却不见唐室兵马的影子。

我皇在行军,兵马日浩浩,胡雏尚未灭,诸将恳征讨——我皇:指肃宗。浩浩:此处指军队兵马众多。胡雏:胡地少年,此处为对叛军轻蔑的称呼。恳:请求。四句写肃宗行在坚营固垒,牢不可破,众心相向,众志成城,各处招兵买马,已成一支浩浩荡荡的大军,杀敌靖国,人人摩拳擦掌,叛军尚自猖狂,虎狼般仍在四处肆虐,施其淫威,唐朝将士纷纷请求征战,歼灭叛军。

昨闻咸阳败,杀戮尽如扫,积尸若丘山,流血涨丰镐——咸阳败:据《旧唐书·肃宗纪》,至德元年(756)十月房琯讨叛军,败于咸阳,死伤四万余人。咸阳:秦朝都城,在长安西北。丰镐(hào):丰,周文王曾定都于此,在今西安市西南;镐,镐京,周武王定都于此。这里以二地借指咸阳。四句写咸阳之战,唐军大败,士气大损,叛军杀戮唐军四万,积尸如山,血流成河,直可摇荡咸阳城。

干戈碍乡国,豺虎满城堡,村落皆无人,萧条空桑枣——干戈:指战争。乡国:指长安。豺虎:喻比叛军。四句写战争使人民流离失所,无家可归。叛军如豺狼虎豹占据城堡,杀烧抢掠,蹂躏摧残着老百姓。村落凄凉萧条,渺无人迹,唯有桑葚、红枣垂挂在树梢,惨淡刺目地闪出不和谐的颜色。

儒生有长策,无处豁怀抱,块然伤时人,举首哭苍昊——儒生:岑参自称。长策:可济国难的谋略。豁:披露,展示。块然:孑然孤立的样子。时人:指遭受战争摧残的芸芸众生。苍昊:苍天。四句写岑参空有拯苍生、济国难的鸿图远策,却报国无门,只有悲天悯人,哀时叹世,真可谓悠悠苍天,知我者谁?

其 二

早知逢世乱,少小谩读书,
悔不学弯弓,向东射狂胡。
偶从谏官列,谬向丹墀趋。
未能匡吾君,虚作一丈夫。
抚剑伤世路,哀歌泣良图。
功业今已迟,览镜悲白须,
平生抱忠义,不敢私微躯。

早知逢世乱,少小谩读书,悔不学弯弓,向东射狂胡——谩:通"漫",徒,空。向东:叛军时在凤翔东。四句写早知将遭逢国难,小时必当学弯弓射箭,兵书布阵之法,而不取文章科举、诗赋进士的书生路。如是则已经驰骋沙场,挥剑杀敌,靖国安民了。

偶从谏官列,谬向丹墀趋。未能匡吾君,虚作一丈夫——偶:意想不到,偶然。谬:误会,妄。偶、谬,皆为谦词。丹墀:古代宫殿前的石阶,漆成红色,故称。匡:正,救。虚:徒然。四句写诗人自以才力卑浅,不足胜任高官,今逢祸乱,偶得亲幸天子,忝居谏官之列,却未能振举国纲,杀灭劲敌,一雪国恨,枉然为七尺男儿,须眉丈夫。

抚剑伤世路,哀歌泣良图。功业今已迟,览镜悲白须,平生抱忠义,不敢私微躯——良图:鸿图。私:私爱。六句写诗人感慨世路多艰,命途多舛,但悲歌长泣,鸿图难施。览镜照白发,岁月蹉跎,功业难济,平生抱持精忠报国、拯济苍生之心,何敢惜爱微贱之身?

安史之乱是大唐帝国也是唐朝前期封建政治社会文化各种因素孳生潜植的毒瘤的必然结果,它标志着封建社会从其极盛走向衰败没落。亲眼目睹此中巨大的反差的盛唐人,其心之悲叹是难以想象的,他们虽袖有治国方策,腹有经纶文章,奈何乱世须马上将军,须弯弓射雕、号令三军的武将来力挽狂澜。他们震惊悲叹,迷茫困惑,悲天悯人,却无能为力。岑参诗就表达了文人这种处乱世而心怀国家、无所适从的痛苦心情。第一篇重在叙事,它如宏大的史诗记载着安史之乱中幕幕悲惨场景:叛军的如狼似虎、残暴贪婪、灭绝人性的杀戮掠夺、朝廷上下狼狈逃窜、村落荒凉萧条、人民流离失所,这些令人触目惊心、毛骨悚然的画面让诗人惶恐、惊惧、茫然,同时也唤起他人性的良知和悲情,诗人以悲痛欲绝的心情记下它,向天哭诉着人间的惨绝!第二首则重在抒情,表达自己目睹生灵涂炭之局面时的悲痛之情,以及热切的报国衷肠,感情沉痛深致,可以见诗人赤子之心也。

行军九日思长安故园 时未收长安

九日:指九月九日重阳节。时长安未收复,岑参作于凤翔。重阳节有亲人团聚、登高饮酒的风俗。诗人于此佳节思长安的故园,并悲叹其尚落于叛军之手。

　　强欲登高去,无人送酒来,
　　遥怜故园菊,应傍战场开。

强欲登高去,无人送酒来,遥怜故园菊,应傍战场开——强,读上声,勉强。四句写重阳佳节,登高望远,饮酒祛邪,是习成的风俗传统。今年客居行在,纵使强欲登高,河山已非旧时模样,满目疮痍,天光暗淡,怎不徒增凄凉伤感?无酒祛邪,国家正处于多灾多难的时候,只怜惜故园秋菊,于此良辰佳节,当依然光鲜明媚,无知天真地对着战场开放吧?

重阳节必有酒，必有菊，方得良辰美景、赏心乐事的四美俱合。今良辰至，美景蒙尘，无酒被邪，菊开他处，实在是伤心人逢伤心事。而故园菊傍战场开放，又尤为惨烈悲壮，菊之素洁清幽、烂漫鲜妍与战场的刀光剑影、血污白骨形成极具讽刺、刺目效果的对比。诗短短二十字，容纳了极其丰富的意蕴和内涵，情感亦氤氲于其中，含蓄蕴藉地表达，使读者在其多层意象中生发、联想，并仔细咀嚼其中深沉的悲凉感。诗语言亦朴素明白，脱弃藻饰，而一任天然，显得更简净纯粹，深厚悠长。

奉和中书贾至舍人早朝大明宫

　　奉和：依他人诗题（或依其韵或换韵）做诗。中书舍人：唐中书省设中书舍人六员，掌起草诏旨敕制、玺书册命。贾至：字幼邻，洛阳人。擢明经进士，天宝末为中书舍人。贾至有诗《早朝大明宫呈两省僚友》，另杜甫有《奉和贾至舍人早朝大明宫》，王维有《和贾至舍人早朝大明宫之作》，皆为一时唱和之作。此诗作于唐军收复长安的至德二载(757)，肃宗回朝，岑参亦随还长安。诗写早朝盛况。"初落"，一作"初没"。

　　　　鸡鸣紫陌曙光寒，莺啭皇州春色阑，
　　　　金阙晓钟开万户，玉阶仙仗拥千官。
　　　　花迎剑佩星初落，柳拂旌旗露未乾，
　　　　独有凤凰池上客，阳春一曲和皆难。

　　鸡鸣紫陌曙光寒，莺啭皇州春色阑，金阙晓钟开万户，玉阶仙仗拥千官——紫陌：指帝都长安的道路。曙光寒：晨光尚凝，天色未开。皇州：帝都。阑：将尽。阙：宫门前的望楼。晓钟：早朝的钟声。仙仗：指皇帝的随从、仪仗。四句写晨鸡司晓，天光尚凝，帝都长安的道路还笼罩在似开未开的清晨的夜幕中，黄莺已百啭千鸣，在枝头鸣叫，春色阑珊，绿树已成婆娑之势。皇宫内，早朝的钟声悠悠扬扬地响起来了，划破了凝重沉寂的夜色，催促着帝都百官僚属早起上朝。殿阶下羽旌飘飘，仪队鲜明严整，簇拥着早朝的文武百官。

　　花迎剑佩星初落，柳拂旌旗露未干，独有凤凰池上客，阳春一曲和皆难——

剑佩:刀剑上的玉佩等饰物。凤凰池上客:凤凰池,中书省的别称。中书省掌机要文书,亲近皇帝,易得皇帝宠信,故称,《晋书·荀勖传》:"勖自中书监除尚书令,人贺之,勖曰:夺我凤凰池,诸君何贺耶?"此处客指贾至,因其为中书舍人。阳春一曲:谓高雅超尘,难为俗人领会的曲子。《文选》宋玉《对楚王问》:"客有歌于郢中者,其始曰《下里巴人》,国中属而和者数千人;其为《阳阿》、《薤露》,国中属而和者数百人;其为《阳春白雪》,国中属而和者数十人……是其曲弥高,其和弥寡。"四句写星星已淡,天光破晓,晨花沾着夜晚的清露开得峥嵘妍丽,香气袭人,百官佩剑上朝,锦衣绣服,气宇轩昂,似锦繁花交相辉映,拥簇着玉阶皇宫,旌旗飘扬,五彩缤纷,柳树拖曳着绿裙,扫拂着旌旗和奇花异卉上的点点露珠。贾至诗篇如阳春白雪,曲高而和寡。

新评

此诗为文人间次韵唱酬应制之作。描写早朝的喧声胜势和花团锦簇,诗的思想内容并不高,艺术上则雕绘满眼、流光溢彩,颇能体现台阁体诗雍华富贵的气象,让我们看到岑参诗一贯的雄峻苍远的边塞诗风格外的另一种流丽精工、典雅醇正的风情婉态。

寄左省杜拾遗

题解

左省:门下省。杜拾遗:即杜甫。时杜甫在门下省任左拾遗,故称。岑参在中书省任右补阙,同为谏官。诗写趋奉官位的复杂情绪,其中夹杂着诗人某种失意之感。诗题一作《寄左省杜拾遗甫》,"紫微",一作"紫薇"。"青云",一作"青春"。

联步趋丹陛,分曹限紫微。
晓随天仗入,暮惹御香归。
白发悲花落,青云羡鸟飞。
圣朝无阙事,自觉谏书稀。

新解

联步趋丹陛,分曹限紫微,晓随天仗入,暮惹御香归——联步:并肩走。丹陛:犹丹墀,见前《行军二首》注。曹:犹"部",岑参与杜甫分别在中书省、门下省,故曰。紫微:天子皇宫。《晋书·天文志》:"紫微,大帝之座也,天子之常居也。"此指朝见之殿。天仗:天子的仪仗。《新唐书·仪卫志》:"凡朝会之仗,三卫番上,分为五仗……皆带刀捉仗,列坐于东西廊下。""每月以四十六人立内廊阁外,号曰内仗。"惹:沾附。御香:指朝会殿中所燃的香。四句写与杜甫携手并肩入朝觐见,分曹共事,早晨随天子的内仗进殿朝见,晚上处理完公事,带着御香幽幽退朝。

白发悲花落,青云羡鸟飞。圣朝无阙事,自觉谏书稀——阙:同"缺",言缺失。按当时叛乱未平,朝纲待举,朝廷无缺失非确实。此处诗人用意但深,或言是岑参因谏诤不用,故有此愤激反言,见吴乔《围炉诗话》;或言为岑阿谀回护之语,见沈德潜《唐诗别裁》卷十。谏书:上呈的谏议之书。四句写诗人感叹岁月蹉跎,垂垂老矣,虽忝居朝廷命官,但没有扭转乾坤、再振国纲之力,徒有临渊羡鱼之叹,幸圣皇日理万机,百臣兢兢业业,恪尽职守,百事无阙,故而自己谏书也少了。

【新评】

诗分两段,前段写与杜甫一起趋步朝廷,早入暮归,谨奉官职,后段写自己年老体衰,仍不得朝廷重用。后二句用思深沉,诗人内心怨郁不满以反语出之,含蓄婉转,颇具敦厚之旨。

初至西虢官舍南池呈左右省及南宫诸故人

【题解】

西虢:即虢州。属河南道,治所在今河南灵宝县南。官舍:古代为官吏所备的居所。南池:当为岑参在虢州官舍南边的一方池塘。岑参另有《虢州郡斋南池幽兴因与阎二侍御道别》中对南池的描写。左右省:左省为门下,右省为中书。南宫:为南方列宿,汉用它比拟尚书台,故称尚书台为南宫。诸故人:指岑参过去为中书省右补阙时在朝的同僚故交。据杜确《岑嘉州集序》,岑参于乾元二年(759)作此诗即写黜官虢州后的闲淡生活和对旧日同僚的思念。

黜官自西掖,待罪临下阳,
空积犬马恋,岂思鸳鹭行。
素多江湖意,偶佐山水乡,
满院池月静,卷帘溪雨凉。
轩窗竹翠湿,案牍荷花香,
白鸟上衣桁,青苔生笔床。
数公不可见,一别尽相忘,

敢恨青琐客？无情华省郎。
早年迷进退，晚节悟行藏，
他日能相访，嵩南旧草堂。

黜官自西掖，待罪临下阳，空积犬马恋，岂思鸳鹭行——黜：罢免。西掖：即中书省。《汉官仪》："左右曹受尚书事，前世文士以中书在右，因谓中书为右曹，又称西掖。"下阳：即虢州。犬马恋：指臣对君的慕恋。犬马，是臣对君的谦称。鸳鹭行：鸳、鹭，皆为水鸟，止有班，立有序，因以喻朝官班路。四句写黜官中书省，又将待罪远去虢州，诗人鲠直不阿，襟怀坦荡，见奸佞必秉笔直书，大言指斥，虽遭贬谪，亦不怨悔。但君臣之义不泯，虽远离庙堂，必存报国效忠之心，岂留恋高官厚禄，济济班朝？

素多江湖意，偶佐山水乡，满院池月静，卷帘溪雨凉——江湖意：谓放浪江湖，过退隐生活之意。佐：佐治，指岑参为虢州长史。山水乡：指虢州。虢州萃山水之美于一郡，故有此称。四句写本不慕恋宦途，早有江湖之志。今适逢外贬，佐治虢州，虢州青山秀水，风光宜人，但可暂息尘劳，舔抹伤痛。官舍内清幽恬静，卷帘而长风入，溪雨伴风亦送来清泠如许的凉意，颇快人心。南池明净可鉴，深幽沉涵，半弯新月玲珑入湖，轻荡着一抹幽寂和神秘。

轩窗竹翠湿，案牍荷花香，白鸟上衣桁，青苔生笔床——轩窗：华美的窗棂。案牍：官府文书。衣桁：晾衣架。笔床：置笔之架。四句写官舍轩窗外潇潇细雨濡湿青青翠竹，鲜绿如琼碧，南池秋荷阵阵清香随风飘来，就连案头文书也是幽馨一片。鸟儿上了衣架，唧唧鸣叫，旁若无人，青苔爬上了笔床，绿茵茵悠然生长。

数公不可见，一别尽相忘，敢恨青琐客？无情华省郎——数公：即诗题中左右省、南宫诸故人。青琐客、华省郎：皆指在京为官的旧日同僚，即"数公"所解。青琐：宫门名，借指三省（中书、门下、尚书）。华省：即三省。四句写诗人与三省诸公一别多日，相隔遥远，想来他们早已忘怀今日落难的故友。但诗人又怎能责怨他们的无情相忘？

早年迷进退，晚节悟行藏，他日能相访，嵩南旧草堂——进退：犹言出处，此偏指"进"，即入仕为官。行藏：《论语·述而》："用之则行，舍之则藏。"此偏指"藏"，即退隐。嵩南草堂：为岑参早年曾于嵩阳隐居的太室草堂。四句写早年贪恋仕途，着意功成名达，待世事沧桑、人生沉浮动荡经历，但已了悟一切都如过眼云烟，水中月、镜中花，沉淀下来的唯有对生命无常的深切洞知和衰朽残颓的身体。始悟存虚葆真、息心山林，无羁无绊、自由自在的田园生活才是自己身心所向。他日诸友但能相访，必于嵩南太室草堂把酒对菊、烟波垂钓，管他人间是是非非,真真假假。

诗写黜官后于贬所的闲适自得的生活和对田园隐居生活的悠悠向往。这种心态和生活方式的选择是中国文人士大夫多会遵循的人生模式。得意时志存高远,兼济天下;失意时收迹敛光,退隐山林。岑参对人生对仕途功名利禄是执着的,他也并不隐讳,屡屡在诗中表白。而此诗亦写这种隐士的追求,自有愤懑不平之意在内,也可见出诗人倦怠宦途时的无可奈何。诗人以鲠直正气、直言敢谏,触忤奸佞,得罪遭贬,内心必有感慨之意。诗首四句"黜官"、"待罪"、"空积"、"岂思"即如一股愤激跌宕之气呼呼奔涌而出。中间几段闲静轻幽、细美淡雅的环境描写,是诗人暂时安顿平伏的心境的表现。"素多"二句,交代主旨,后六句,渲染环境。笔致清丽平淡,情与境融。后段"数公"四句怨悱之中,又表现出心存魏阙之意。近藤元粹评此诗:"句句幽雅之状可想。"(《唐贤诗集笺注》)

早秋与诸子登虢州西亭观眺 得低字

西亭:虢州西山的亭子。岑参于虢州的诗中常提及此亭。"得低字",分得低字韵,见《发临洮将赴北庭留别》题解。此诗写于虢州贬所,诗人与几位好友登西亭远望,观览江山秋景,抒发乡园之思。

> 亭高出鸟外,客到与云齐。
> 树点千家小,天围万岭低。
> 残虹挂陕北,急雨过关西。
> 酒榼缘青壁,瓜田傍绿溪。
> 微官何足道,爱客且相携。
> 唯有乡园处,依依望不迷。

亭高出鸟外,客到与云齐——客:指诗人与诸友。二句写西山亭子傍山而峙,翘立翼然,亭亭秀出云外。诗人与好友登临其上,但见高鸟于低空盘旋,白云在脚下缭绕,团团如絮。

树点千家小,天围万岭低——树点:远望树如点状。天围:天似穹庐状围护地域。二句写登西亭高瞻远望,绿树点点如墨,星丛影簇,虢州城内千家万户的红墙碧瓦在蒙蒙尘气中亦如缩小的模型俨然盘亘在绿色平原上,天似穹庐笼罩四极,千嶂万岭低俯于其内,默默吐绿纳青,织造自然的秘密。

残虹挂陕北,急雨过关西——陕北:陕州之北。指河南道陕州大都督府,在今河南三门峡市西。关西:指古函谷关(今河南灵宝县)西。二句写忽而一阵急雨飘过函谷关西,清泠澄澈,雨过天霁,一道彩虹横空出世,彩丽明灿,气虚涵清。

酒榼缘青壁,瓜田傍绿溪——榼(kè):盛酒的器具。缘:沿。青壁:长满绿藤、野草的山崖峭壁。二句写在绿草爬满的山崖边摆出酒宴,开怀畅饮,远望平野,瓜田绿藤随风翻没,小溪流啮咬着田沟,潺潺作响,净如白练。

微官何足道,爱客且相携——二句写处虢州为长史,微官卑职忝居求俸,何足挂齿,且与好友相携畅游,饮酒作乐,作一快活神仙、逍遥白衣。

唯有乡园处,依依望不迷——乡园:指长安。不迷:不为他物所迷。二句写虽有游山之乐,美景佐觞,然故园情怀尤丝丝缕缕潜伏暗长,思乡之情几使诗人望断秋水,忘乎一切。

诗颇有田园诗闲逸淡远、清丽明秀的风格意蕴,诗人在经历身世变迁后,有了平淡宁漠、高远空明的心境,故而有平淡浅近、明秀自然的语言,读之浑若王(维)、孟(浩然)诗,而又多一份岑参独有的情思。诗人或因两次出塞的经历,善写气局宏大的壮景,即使小细物也能大而化之,夸而张之,此诗仍可见出这种诗风。登高远眺,天高地广,云绕鸟低,诗人纵横捭阖,写眼触不到处,尽纳万象玲珑于笔端,宏大之景而溶之于秀逸的语言,这就是岑参诗的特色。末二句写故园情,又点破了那份宁静和谐,使整篇诗动荡凄迷起来。诗以古体,朴茂渊深,耐人寻味。对仗、押韵,增其秀美而不减其淳厚。

虢州后亭送李判官使赴晋绛 得秋字

李判官:未详。晋绛:指唐晋州、绛州,均属河东道,在今山西境内。此诗作于被贬虢州期间。诗写雨中送客,兼致怀古抚今之感。

西原驿路挂城头,客散红亭雨未休。
君去试看汾水上,白云犹似汉时秋!

西原驿路挂城头,客散红亭雨未休。君去试看汾水上,白云犹似汉时秋——西原:虢州西郊。挂城头:指驿路远至天边。红亭:漆成红色的后亭。君:指李判官。汾水:黄河支流,源出山西宁武县管涔山,南流至曲沃县西折,在河津县人黄河。"白云"句:用汉武帝故实。据《汉武故事》载,武帝曾游幸河东,祠后土,于汾河上宴群臣,作《秋风辞》:"秋风起兮白云飞,草木黄落兮雁南归。"此处指风物依然而人事已改。四句写送君十里长亭,终有一别。李判官将赴河东,天高地远,路途也漫长艰辛。西郊直通西极的驿路,伸展到天边,远望去如倒垂的白练挂在城头,送客亲友与李判官洒泪而别,潇潇细雨亦如人凄酸难尽的依依深情缠缠绵绵,如泣如诉。李判官西去的河东道汾水,曾是汉武帝游幸之地,其《秋风辞》犹萦萦在耳,但物是人非,白云宛然千年以前,汉武风流早已为一抔净土所掩。

诗写送别,兼有怀古抚今之意。诗人不直抒情怀,而落于景物形象的意象、意境创造上,含蓄玲珑、婉转蕴藉地表达之。首句想象出奇,平淡中见其突兀,一个"挂"字,形神妙肖,既写出路之遥远艰辛,也表达出诗人对友人的牵挂和顾念。第二句似若平常,却渲染出一种悲情弥漫的萧索酸楚氛围。第三句调高一提,引出第四句,第四句犹见其神韵天然,气象高远,借典故而发抒追古惜今之意,意味深长,既沉凝有历史的沧桑厚重感,也夹杂着诗人当时复杂难理的心绪和心境,意象玲珑清明,意境深远苍茫。

潼关镇国军句履使院早春寄王同州

潼关:在今陕西潼关县东北。镇国军:即镇国节度属军。镇国,唐方镇名,肃宗上元二年(761)置,因在潼关西,又称关西节度。句履:未详。使院:镇国节度使官府。王同州:不详。盖其人于同州(今陕西大荔县)为刺史。时岑参已由虢州长史迁为太子中允兼殿中侍御史,充关西节度判官,诗作于潼关。时叛乱未平,诗人以不平之鸣抒写朝廷任人不公、怀才之士不能一济国用的现实。

胡寇尚未尽,大军镇关门,
旌旗遍草木,兵马如云屯。
圣朝正用武,诸将皆承恩,

不见征战功,但闻歌吹喧。
儒生有长策,闭口不敢言。
昨从关东来,思与故人论。
何为廊庙器,至今居外藩,
黄霸宁淹留?苍生望腾骞。
卷帘见西岳,仙掌明朝暾。
昨夜闻春风,戴胜过后园。
各自限官守,何由叙凉温?
离忧不可忘,襟背思树萱。

【新解】

胡寇尚未尽,大军镇关门,旌旗遍草木,兵马如云屯——胡寇:指安禄山余部,时安禄山及其子安庆绪已死,史朝义篡其父史思明帝位,僭称帝。安史之乱已经历六年。关门:潼关关门。四句写安史余党尚兴妖作怪、涂炭中原,镇国军镇守着潼关关门。军镇内战旗飘扬,纷纭满目,随风招展于草间,兵马如云似海,声势浩大。

圣朝正用武,诸将皆承恩,不见征战功,但闻歌吹喧——承恩:承受君王的恩惠。四句写兵荒马乱之年,朝纲待复,叛军未平,圣朝尚兵用武以复国势,天子故垂爱战将,赏赐纷纶。而将士但知沉酣笙歌燕舞、纸醉金迷,哪管国家板荡、民不聊生?号千军万马,拥环肥燕瘦,而沙场上畏敌如鼠兔,败阵逃命,致使叛乱转战连年,经久难平。

儒生有长策,闭口不敢言,昨从关东来,思与故人论——儒生:文弱的书生,此岑参自指。长策:良策。关东:指在潼关东的虢州。故人:指王同州。四句写诗人虽是文弱的儒生,但腹有治国平乱的方策,天子不重用,只得噤口不言。刚从虢州贬所迁至关西节度判官,面对国难,忧心如焚,愿与好友倾诉心怀,一吐心中块垒。

何为廊庙器,至今居外藩,黄霸宁淹留?苍生望腾骞——廊庙器:指能为朝廷负担重任的人才。外藩:京畿外的地方郡县。唐做官重内轻外,以在朝为官为升,出外为降。黄霸:汉宣帝时循吏,有吏才,治政宽和,名著天下,官至御史大夫、丞相,封建成侯。宁:岂肯。淹留:淹滞,不被重用。腾骞(xiān):腾飞。骞,高举。苍生:百姓。四句写王同州即为国家栋梁之才,何以至今任职地方,得不到朝廷重用而迁升回京?既有良吏才,岂肯久居人下,沉沦下僚,芸芸众生亦延颈翘首期望其早日鹏举,惠利天下,雪耻靖难。

卷帘见西岳,仙掌明朝暾,昨夜闻春风,戴胜过后园——西岳:指华山,在今陕西华阴县南。仙掌:华山之一峰,一名朝阳峰,在华山东北,远望形如仙人手掌,故称。朝暾:早晨初升的太阳。戴胜:鸟名。《礼记·月令》:"(季春之月)鸣鸠拂其羽,戴胜降于桑。"此借言春季已到。四句写西岳华山峥嵘崔巍,卷帘可见,其仙掌峰直插青天,对朝阳而傲立,映旭光而明灭。昨夜春风忽来,尽扫去冰凌寒气,阳气降临,报春的戴胜鸟也在花园啼鸣,似欲唤醒沉睡的葱茏之绿。

各自限官守,何由叙凉温?离忧不可忘,襟背思树萱——各自:言岑参与王同州。官守:官位。何由:没原由,无机会。叙凉温:问候起居寒暖。离忧:忧虑,思愁。襟背思树萱:《文选》陆机《赠从兄车骑》:"安得忘归草,言树背与襟。"忘归草:归,一作忧。忘忧草,即萱草,言可使人忘忧。襟指房前,背指房后。树:种植。四句写诗人与王同州各自为官职所羁,无从谋面,一叙寒温。自己国难私愁,千头万绪,忧思难解,希望堂前屋后植满忘忧草,以便睹草忘忧,聊寄余生。

此诗为好友鸣不平而暗寓己恨,中原板荡,民不聊生,战士效命疆场,流血送命,而将领则歌舞升平,荒淫享乐,不思征战。怀才之士屈居下僚,纵抱治国济世之良策,却无由施展。诗人描述了唐朝安史乱中种种不公平的现实,揭露了朝廷用人不公的弊端,悲愤不平之意溢于言表。末段诗人叙写别离忧思,情真意切,语短情长。

送张秘书充刘相公通汴河判官便赴江外觐省

张秘书:不详。秘书,唐秘书省有秘书丞、秘书郎,掌经籍图书、课考功绩,均称秘书。充刘相公通汴河判官:即转运租庸盐铁常平使判官。刘相公:指刘晏,字士安,南华(今山东东明县)人。刘晏通汴河是他于广德二年(764)罢中书门下平章事(即宰相),改任太子宾客兼御史大夫,并领东都河南江淮转运租庸盐铁常平使时。相公:即丞相,此时刘晏已罢相,岑参沿用旧称。汴河:唐又称广济河,为大运河之一段,跨今河南、安徽两省。江外:谓长江以南地区。觐省:探望父母。此诗写于广德二年,时岑参在长安,先任考功员外郎,不久转任虞部郎中。友人张秘书将随刘晏疏浚汴河,并探访江南尊亲,诗人感念其奉公和孝亲之义,临行寄诗以抒惜别之义,并叹息仕路的艰难。"孤瑟",一作"孤琴"。

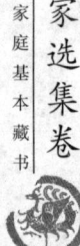

前年见君时，见君正泥蟠。
去年见君处，见君已风抟。
朝趋赤墀前，高视青云端。
新等麒麟阁，适脱獬豸冠。
刘公领舟楫，汴水扬波澜，
万里江海通，九州天地宽。
昨夜动使星，今旦送征鞍，
老亲在吴郡，令弟双同官。
鲈脍剩堪忆，莼羹殊可餐，
既参幕中画，复展膝下欢。
因送故人行，试歌行路难。
何处路最难，最难在长安。
长安多权贵，珂佩声珊珊。
儒生直如弦，权贵不须干。
斗酒取一醉，孤瑟为君弹。
临歧欲有赠，持以握中兰。

前年见君时，见君正泥蟠。去年见君处，见君已风抟——泥蟠(pán)：《法言·问神》："龙蟠于泥。"喻不得志。风抟：抟风而上，谓青云得志。《庄子·逍遥游》："鹏之徙于南冥也，水击三千里，抟扶摇而上者九万里。"抟扶摇，乘旋风。四句写前年张秘书尚寂寥不得志，去年则出仕为官，如大鹏忽遇长风，扶摇而上，直入青云。

朝趋赤墀前，高视青云端。新等麒麟阁，适脱獬豸冠——赤墀：丹墀，见《行军二首》注。青云端：喻在朝廷高位。麒麟阁：汉阁名，为宫中收藏图书处。唐秘书省掌图书，故称。獬豸冠：御史所戴帽。獬豸：传说中的怪兽。类羊，一角，能辨曲直，故御史冠帽取其名，法其义。此处说张秘书刚从御史台转迁徙至秘书省。四句写张秘书朝登殿前赤墀入朝觐见，高视阔步，气宇轩昂，刚刚从御史台转至秘书省，身居高位，受天子宠信，权重一时。

刘公领舟楫，汴水扬波澜，万里江海通，九州天地宽——刘公：刘晏。领：领事，指刘晏接任转运使疏浚运河事。江海通：指汴河可连接黄河、淮河、长江而入海。九州：全国。四句写刘晏独领大任，疏浚运河，为民造福，汴河开通，四通八达，交会全国河道江海,使粮食与货物转运得以畅行无阻,其功可造福万代,受惠全国。

昨夜动使星,今旦送征鞍,老亲在吴郡,令弟双同官——使星:朝廷命官出使地方,可见诸星宿预示。《后汉书·李郃传》:"和帝即位,分遣使者,皆微服单行,各至州县,观采风谣,使者二人当到益都,投郃候舍,时夏夕露坐,郃因仰观,问曰:'二君发京师时,宁知朝廷遣二使邪?'二人默然,惊相视曰:'不闻也。'问:'何以知之?'郃指星示云:'有二使星向益州分野,故知之耳。'"此处为张秘书将赴转运判官之职。老亲:父母双亲。吴郡:唐代郡名,今之江苏苏州。令弟:佳弟。四句写昨夜有使星划过,朝廷将有命官出使,张秘书身兼使臣之职,随刘晏疏浚运河,万人瞩目,百姓翘首以盼。备好征鞍行囊,与诗人洒泪而别,殷殷嘱咐唯在早日运河疏通,福济天下。张秘书年迈的父母尚在吴郡,两个兄弟并在家乡为官奉养双亲。此去当顺路探访亲人们,以慰老人舐犊之情,以成子辈孝养之义。

鲈脍剩堪忆,莼羹殊可餐,既参幕中画,复展膝下欢——鲈脍、莼羹,皆为吴郡风味小吃。《晋书·张翰传》:"因见秋风起,乃思吴中菰菜、莼羹、鲈鱼脍,曰:人生贵得适志,何能羁宦数千里以要名爵乎?"此处用张翰典写思乡探亲义,而非辞官退隐。剩堪:真堪。画:筹划。膝下欢:孝养之乐。四句写吴郡鲈脍、莼羹风味甲天下,好友念及此二物,会悠然起故园心,思念家乡年迈的双亲。"哀哀父母,生我劬劳。"(《诗经·小雅·蓼莪》)自古忠孝难以两全,今好友既得参与汴河疏浚,决策筹划,嘉惠一方,又能顺路回家乡与亲人团聚,展膝下之欢,实在是两全其美,人间快事。

因送故人行,试歌行路难。何处路最难,最难在长安——故人:指张秘书。行路难:古乐府杂曲歌辞名,内容多写世路艰难及离愁别绪。四句写好友将行,但悲歌一曲《行路难》以寄忧思离愁,天下路最难行者,皆大同小异,唯长安之路险象环生,幽深莫测,是天下最难行者。

长安多权贵,珂佩声珊珊。儒生直如弦,权贵不须干——珂佩:玉佩。珊珊:玉石撞击声。儒生直如弦:指儒生生性鲠直,不善权变。干:求。四句写长安——京都帝所,高官显贵,拱卫朝廷,高才隽士,济济一堂,珂佩丁冬,车马萧萧,富贵荣华,缤纷满目。而儒生自有凛然正气,骨鲠禀性,不会卑躬屈膝、奴颜媚骨为功名富贵去干谒权贵。"不义而富且贵,于我如浮云。"(《论语·述而》)

斗酒取一醉,孤瑟为君弹。临歧欲有赠,持以握中兰——斗:古时酒具。瑟:琴瑟。临歧:古人送别多于路岔口。握中兰:手中兰。兰,香草名,常以喻高洁君子。古人有临别赠香草之习。既以喻友人品德操守,又比以双方友谊如兰花清淡而真诚持久。四句写临别鼓瑟,慷慨悲歌,举杯醉饮,临歧赠寄芝兰香草,愿友人质比芝兰玉树,高洁淡逸。

诗分三段，首段写友人将赴疏浚汴河之任，次段写赴任之途探望双亲，以成孝养之全，最后为诗人悲歌《行路难》，即以寄离思之愁，又以抒诗人世路艰难之感慨。全诗结构明晰，感情抒发有开有合，张弛有度，歌行体的疏散、灵活、复沓回环，讲求韵律的跳跃和灵动与格律诗的严整精致、对偶严切、韵调铿锵，交融互汇于一诗，丰满圆浑又韵味深厚。诗人心绪亦掺融渗透于其中，随其诗律而起伏变幻，造成了全诗生气涨溢，而又摇曳多姿的诗性美，是盛唐诗人探索古诗与格律诗的艺术规律迈出的可喜一步的印证。

裴将军宅芦管歌

裴将军：未详。芦管：北方少数民族管乐器，截芦苇管制成，类于筚篥(bìlì)。诗中描写了演奏者技艺的高超和芦管音色的清美凄越。

> 辽东九月芦叶断，辽东小儿采芦管，
> 可怜新管清且悲，一曲风飘海头满。
> 海树萧索天雨霜，管声寥亮月苍苍。
> 白狼河北堪愁恨，玄兔城南皆断肠。
> 辽东将军长安宅，美人芦管会佳客。
> 弄调啾飕胜洞箫，发声窈窕欺横笛。
> 夜半高堂客未回，祗将芦管送君杯，
> 巧能陌上惊杨柳，复向园中误落梅。
> 诸客爱之听未足，高卷珠帘列红烛，
> 将军醉舞不肯休，更使美人吹一曲。

辽东九月芦叶断，辽东小儿采芦管——辽东：辽水之东。今辽宁南部辽河以东地区。芦叶断：芦叶垂条，长势正旺，已到了可摘芦管之时。二句写九月的辽河地区，芦叶垂条，浓翠芳香，芦管劲挺匀净，已可折做成芦管乐器。

可怜新管清且悲，一曲风飘海头满——可怜：可爱。海头：辽东近海，故有此称。二句写拿青青芦管做成的芦笛，其声甚清越凄楚，悠扬悦耳，晓风吹送，盈满海边。

海树萧索天雨霜,管声寥亮月苍苍——海树:海边树木。萧索:萧条。二句写芦管清越悲凉之音使天也愁眉不展,以潇潇雨雾、肃杀清霜和之,海边丛树迷迷蒙蒙,萧条冷落,试图从芦管声中寻找共鸣。月亮皎洁但显苍凉色,在碧海长空独吟着孤寂。

白狼河北堪愁恨,玄菟城南皆断肠——白狼:白郎河,今辽宁大凌河。玄菟:又玄菟,东汉有玄菟郡,在今沈阳市东。沈佺期《古意呈补阙乔知事》:"白狼河北音书断,丹凤城南秋夜长。"此处化用其意。二句写辽东征戍男儿本就思乡情浓,芦管声声幽咽凄厉更会献愁供恨,催人泪下。

辽东将军长安宅,美人芦管会佳客——辽东将军:指裴将军。二句写裴将军在长安宅里置酒宴客,并以其故乡芦笛为大家助兴演奏。

弄调啾飕胜洞箫,发声窈窕欺横笛——弄调:调拨、演奏。啾飕:象声词,指芦管之声。洞箫:即排箫,又名参差,由长短不一的竹管编排而成。窈窕:本指女子姿态之美,此处用以形容芦管之声优美动听。欺:压,胜。二句写美人玉手按音孔,朱唇轻启,其声幽迷婉转似弥漫的天雨飞花美艳凄丽,堪胜洞箫的幽咽凄清又多份荡人心弦的哀婉,能比横笛的悠扬悦耳又增饰着一层苍凉萧瑟的淡漠和沉凝。

夜半高堂客未回,祇将芦管送君杯——二句写夜已深沉,高堂宴席上红烛高悬,杯盘狼藉,撤去伴舞,只留芦管兀自抑扬,风情未老,宾客意兴尚浓,痴迷如醉。

巧能陌上惊杨柳,复向园中误落梅——二句写芦管吹奏之境界,芦管忽而缱绻低迷,忽而悠扬回旋,其声之妙可惊动路边杨柳,可迷惑园中梅花。

诸客爱之听未足,高卷珠帘列红烛——二句写宴上众宾听芦管美妙之声痴迷如醉,珠帘高高挂起以示主人无退堂之意,红烛排列,满堂生辉,宴席歌舞兴致正浓。

将军醉舞不肯休,更使美人吹一曲——二句写裴将军听管声生感激之意,再令美人献上一曲,醉舞试剑,意兴正酣。

诗写芦管的美妙和演奏者演技的高超。诗人调动了多种艺术手法描绘管声的凄越嘹亮,扣人心弦。"可怜"二句为直描,写声之"清且悲",紧接着诗人又极力渲染一种悲凉萧瑟的环境气氛,使管声饱蘸其悲飒,背衬着一个深广幽清的意境在无限空间飘荡延伸,既拓展了时空,也增加了诗歌的形象性和感染力。"白狼"二句为间接描写,诗人想象征人游子闻曲而动乡愁,巧妙的勾联又入情入理。"弄调"二句为对比,"巧能"二句为想象夸张,奇思异想,逸出常情。后段以坐客如痴如醉、留连醉舞来表现管声的感人动听，又为侧面描写。全诗深宏阔大，波澜起伏，意境深远苍凉与清幽婉秀叠用交错。情景交融，想象丰富，作意巧妙，用字新奇，歌行体的流宕起伏、风情摇曳、摇动振荡着双句偶对、略显滞沉的近体，使全诗如喷吐变换的涡流，如飘摇莫测的风云，有很强的艺术感染力。

早上五盘岭

五盘岭：一名七盘岭，岭上栈道盘曲，故名。在今四川广元县东北。大历元年（766），杜鸿渐以宰相、剑南西川节度使兼副元帅之职入蜀平乱，并荐表岑参为其职方郎中兼侍御史，列其幕府。诗即写于诗人大历元年入蜀途中，于五盘岭的所见所感。

　　平旦驱驷马，旷然出五盘。
　　江回两崖斗，日隐群峰攒。
　　苍翠烟景曙，森沉云树寒，
　　松疏露孤驿，花密藏回滩。
　　栈道溪雨滑，畲田原草干。
　　此行为知己，不觉蜀道难。

平旦驱驷马，旷然出五盘。江回两崖斗，日隐群峰攒——平旦：天刚亮。驷马：四马所驾之车。旷然：开阔旷远的样子。出：犹上。江回：江，指嘉陵江，五盘岭西临之。回，回旋盘绕，江流激荡。斗：对峙。日隐：太阳尚未出。攒：聚集。四句写天尚曚曚，诗人驱车赶路，登上五盘岭蛇行盘绕的栈道，见青山葱茏，天高地远，风清气爽，境象开阔，诗人心境为之一荡，亦清明高远，旷然透彻。远处嘉陵江汹涌澎湃，波涛起伏，急流回旋动荡，撞击着巉岩峭壁，两岸怪石突起，昂然对峙，沉默不语，太阳尚隐，东方青冥一片，群山苍郁古老，峰头攒聚。

　　苍翠烟景曙，森沉云树寒，松疏露孤驿，花密藏回滩。栈道溪雨滑，畲田原草干——烟景：风烟美景。曙：日出之曙光。森沉：阴蒙沉郁。孤驿：五盘岭上的驿馆。回滩：回旋的险滩。栈道：于山崖险岩峭壁上凿孔架木修成的道路。畲田：烧草以作为肥料种田。畲，火种。六句写日之初出，光晕染着天空，晴明高远，彩翠分明，风烟俱净，天气晴朗，抹染着幽重阴郁色调的云树还朦胧未醒，沉浸在夜雾中的森冷中。松林疏朗,忽明忽暗,露出了那条孤独盘曲的栈道,草木繁茂,花团锦簇,隐蔽着山下急流险滩。峭壁上开凿的栈道孤悬在空中,经夜雨洗濯,光润打滑,田间绿草雨露未干,舒展着枝叶吮吸着清新的空气。

此行为知己,不觉蜀道难——知己:指杜鸿渐。此行乃因知己杜鸿渐元帅的推荐提拔,即成知遇之恩,又能兼行平乱安国的高志,蜀道虽有上青天之难,亦如履平地矣。

诗人入蜀作杜鸿渐的幕僚,感知遇之恩,兼寄济国心愿,诗人心绪也较为明快开朗。全诗以开合变幻笔法写远景布近景,着力于染,归结于点,皴染调匀其色泽,勾勒妙画其形神,风烟美景,琳琅满目,尽入于画面,而又疏密有致,层层有序,诗人从容悠然的心绪也豁落落地毕现。诗句组对精严,语言华美而不繁缛,是岑参融六朝丰美华艳的艺术风格与唐之清新俊逸于一体的佳作。

入剑门作寄杜杨二郎中时
二公并为杜元帅判官

剑门:指大剑山。在今四川剑阁县东北。大剑山有天然关口,险要若门,故曰剑门,是由陕西入蜀的咽喉要道。杜杨二郎中:指杜亚、杨炎。杜亚,字次公,京兆人,至德初授校书郎。杜鸿渐为山南、剑南副元帅,与杨炎一起辟为幕中判官。《新唐书》有传。杨炎,字公南,凤翔人。释褐辟为河西节度掌书记,起为司勋员外郎,转吏部郎中,知制诰,后为相,曾拟两税法,新旧《唐书》有传。郎中:官名,唐六省皆置郎中。诗写剑门的高峻险要,兼叙史实歌颂杜鸿渐,并对友人文事武功作赞美。"或顺逆",一作"仍顺逆"。"地起",一作"地处"。

不知造化初,此山谁开坼?
双崖倚天立,万仞从地劈。
云飞不到顶,鸟去难过壁,
连驾畏岩倾,单行愁路窄。
平明地仍黑,亭午日暂赤,
凛凛三伏寒,嶪嶪五丁迹。
与时忽开闭,作固或顺逆,

磅礴跨岷峨，巍蟠限蛮貊。
　　星当觜参分，地处西南僻，
　　斗觉烟景殊，杳将华夏隔。
　　刘氏昔颠覆，公孙曾败绩，
　　始知德不修，恃此险何益？
　　相公总师旅，远近罢金革，
　　杜母来何迟，蜀人应更惜，
　　暂回丹青虑，少用开济策。
　　二友华省郎，俱为幕中客，
　　良筹佐戎律，精理皆硕画。
　　高文出诗骚，奥学穷讨赜。
　　圣朝无外户，寰宇被德泽，
　　四海今一家，徒然剑门石。

　　不知造化初，此山谁开坼？双崖倚天立，万仞从地劈——造化初：宇宙万物形成之初。造化，大自然。坼：裂。仞：古代度量单位，一仞约有七尺（或说八尺）。四句写剑门的奇险。剑门中间开断，双崖对峙，如卫士把守关门，直有"一夫当关，万夫莫开"之势，其峭壁直陡高矗，万仞冲天，似鬼斧神剑横空劈开，让人惊叹造化之功的匪夷所思。

　　云飞不到顶，鸟去难过壁，速驾畏岩倾，单行愁路窄——剑门高可凌云，冒出天外，鸟只能作低空盘旋，望峰兴叹，其巉岩峭壁若横截直立，不作屈平缓让之势，让人速行于其下，直有摇摇欲倾之感，其双峰森然相对，独行于其中亦有逼仄紧迫之感。

　　平明地仍黑，亭午日暂赤，凛凛三伏寒，巉巉五丁迹——亭午：正午。凛凛：寒冷貌。三伏：即初伏、中伏、末伏，为夏季最炎热的日子。巉巉：高耸陡峭貌。五丁：传说战国秦惠王欲伐蜀，不知路径，作五个石牛，将金置其尾下，称其能出屎，蜀王派五个力士拉走石牛，由是惠王知道路径，派张仪、司马错灭掉蜀国，五力士所开的路线被称为石牛道。四句写剑门山高可碍日，晓日初升，旭光呈辉，万象共明时，剑门关依然沉黑幽暗，日至中天，也仅留疏落的几片空间射进几道烂漫红艳的光斑，释化一下山路的阴郁诡谲；即使三伏天，剑门关也依然凛凛生寒，传说中五壮士所开的蜀山道险仄高峻，蛇行明灭。

　　与时忽开闭，作固或顺逆，磅礴跨岷峨，巍蟠限蛮貊——与时句：剑门开合因时而动。作固句：作固：防守。张载《剑阁铭》："惟蜀之门，作固作镇，是曰剑门阁，壁立千仞，穷地之险，极路之峻，世浊则逆，道清斯顺，闭由往汉，开自有晋。"顺逆：指占守剑门者或顺服或叛逆。磅礴：雄伟壮阔的样子。跨：胜过。岷峨：岷山、峨眉山，二山均为蜀地高山。巍蟠：高大貌。限：阻隔。蛮貊（mò）：对南方少数民族的蔑称。四句写剑门险关要隘，也是兵家必争之地，守卫者凭之可据险持势，或顺或逆，作乱一方。岷山、峨眉山皆有巍峨之势，高耸参天，而剑门山其高其险其峻拔雄阔更为翘楚，其横绝凌跨、霸据一方，亦可阻止觊觎其物华天宝的南方蛮夷。

星当觜参分，地处西南僻，斗觉烟景殊，杳将华夏隔——觜（zī）参：皆为二十八宿之一。配于地面为四川一带。分：分野，古代天文学以天上星宿与地面区划相对应，称为分野。僻：偏僻处。斗：同陡，陡然。杳：深、远。华夏：指中原一带。四句写剑门地处天府之国的蜀地，为觜、参的分野处，隅于西南蛮貊，将其与中原地区杳杳隔开，其风烟美景也自有迥异于中原处。

刘氏昔颠覆，公孙曾败绩，始知德不修，恃此险何益——刘氏：刘备，东汉末据蜀立国，与魏、吴成三国鼎立之势，后为魏所灭。颠覆：覆灭。公孙：指西汉末公孙述，曾据守四川益州，自立为帝，后为东汉刘秀灭。败绩：失败。恃：依仗。四句写三国刘备与西汉末公孙述皆为一时豪隽英才，曾恃剑门关险厄，独霸一隅，称雄一代，然非修德以信民，怀柔以亲民，单凭地利，而无人和，其败绩身殒也必在当然。

相公总师旅，远近罢金革，杜母来何迟，蜀人应更惜，暂回丹青虑，少用开济策——相公：对丞相的称呼，指杜鸿渐。杜时以宰相而兼副元帅之职。总：领。师旅：军队。金革：武器兵甲，此处指战争。杜母：东汉杜诗。《后汉书·杜诗传》："性节俭而政治清平，以诛暴立威，善于计略，省爱民役……修治陂池，广拓土田，郡内比室殷足，时人方于召信臣，故南阳为之语曰：前有召父，后有杜母。"此处借指杜鸿渐。回：同"迥"，用。丹青虑：指彪炳史册的深谋远虑。丹青，借指史册。开济策：指济世益民的政策。六句写杜元帅统领天子的军队来蜀平息战乱，其声威如雷贯耳，远近慑服，使叛军销铄炎气，畏藏兵甲，不敢再战。长期饱受战乱兵灾之苦的蜀地人民翘首企盼才姗姗到来。不仅靖定叛乱，还广施德政，使蜀民安居乐业，休养生息，其功绩可彪炳万代，流芳青史，怎不令蜀民扼腕投地，感恩戴德？

二友华省郎，俱为幕中客，良筹佐戎律，精理皆硕画，高文出诗骚，奥学穷讨赜——华省郎：即画省，指尚书台。《汉官典职》："尚书省中皆以粉壁画古贤烈士，故曰画省。"郎：郎中。指杜杨二人为尚书省郎中。幕中客：指杜杨二人为杜鸿渐幕府的判官。良筹：好的筹措建议。佐：辅助。戎律：军队纪律。精理：精密严谨的理论。硕画：深谋远虑之筹划。出：来自。奥学：深奥的学问。穷：尽。赜（zé）：深奥、玄妙。六句写杜杨二人都是尚书省的郎官,又做杜元帅幕中的判官。其深谋远虑的治军良策,深得杜元帅的器重宠信,二人文才斐然,诗赋文章可光照诗骚,其深奥精妙之理亦非只以雕饰文采可计者。

圣朝无外户,寰宇被德泽,四海今一家,徒然剑门石——无外户:无被疏离于外的民族、地域。被:披,承受。徒然:无用。四句写圣朝以贤德怀柔四方之民,恩泽遍披,"普天之下,莫非王土。率土之滨,莫非王臣。"没有疏亲远近之分,寰宇皆为天子一家,四海之民亲如兄弟,剑门恃据关隘,徒然有险峻凌峭、不可一世的挑衅威势,也只能被孤立冷落于此默叹自己的不合时宜。

这是一篇酬酢寄呈诗,诗人颂扬杜鸿渐的平乱治蜀之功,以及杜杨二判官文武兼备之才,诗人着力于勾画剑门关的险峻高绝及给人造成的心理的威压感,由其地势的险要而作纵(历史)横(时世)的联想对比,并糅进神话传说,借助夸张想象,以古比今,使全诗恢宏壮阔,气势沉酣,意象丰富而饶有兴趣。

送狄员外巡按西山军 得霁字

狄员外:不详。当为与岑参同为杜鸿渐幕府的同僚,岑参另有大约作于同时的《陪狄员外早秋登府西楼因呈院中诸公》中称狄员外为"冬官郎",冬官即工部,知狄氏当为杜鸿渐幕府中工部员外郎。巡按:巡察按抚。西山军:驻扎在西山的朝廷军队。西山,又名雪山、雪岭,在四川西部,其上积雪终年不化,故名。诗为酬唱送行体,诗人描写了雪山的险阻,对以重兵屯驻雪山发表了自己的不满,最后写劝慰和思念之情。

兵马守西山,中国非得计,
不知何代策,空使蜀人弊。
八州崖谷深,千里云雪闭,
泉浇阁道滑,冰冻绳桥脆。
战士常苦饥,糇粮不相继,
胡兵犹不归,空山积年岁。
儒生识损益,言事皆审谛,
狄子幕府郎,有谋必康济,

胸中悬明镜，照耀无巨细。
　　莫辞冒险艰，可以裨节制，
　　相思江楼夕，愁见月澄霁。

【新释】

　　兵马守西山，中国非得计，不知何代策，空使蜀人弊——中国：指朝廷。非得计：失策。弊：困顿。四句写朝廷以重兵屯戍蜀地雪山，实非得计，不知自古何代发明此屯戍之制，既劳民伤财，又使兵马困顿。

　　八州崖谷深，千里云雪闭，泉浇阁道滑，冰冻绳桥脆——八州：指剑南道所辖的八个都督府。阁道：栈道，见《早上五盘岭》注。绳：栈道或木桥上用以固定的绳索。四句写蜀地艰苦卓绝的地理环境。剑南节度所辖的八个羁縻州府皆重崖叠嶂，山峦起伏，壁立万仞，深涧千寻，岭上终年不化的皑皑白雪混溶于云团雾海，一片苍茫迷离，"千山鸟飞绝，万径人踪灭"。雪山似从造化之初即已凝固封闭于此了。阁道冰封水注，光滑似镜，不能踏足，栈桥绳索也冰冻得硬脆，不堪用力。

　　战士常苦饥，糗粮不相继，胡兵犹不归，空山积年岁——糗(qiǔ)粮：煮熟并捣碎的麦粉。胡兵：指吐蕃军队。四句写朝廷发放粮草因路途遥远艰险，不能及时运至，兵马常受饥饿的熬煎之苦，猖獗的吐蕃军犹自逡巡觊觎山外，伺机侵扰犯边，兵将不敢懈怠，戍守雪山，长年累月。

　　儒生识损益，言事皆审谛，狄子幕府郎，有谋必康济，胸中悬明镜，照耀无巨细——损益：得失之理。审谛：谨慎稳妥。狄子：指狄员外。康：安抚。济：济难。六句写儒生饱览经史子集，究知天人之际，运筹治国利民之道，上书言事必谨慎稳妥，深谋远虑。狄员外身为幕府工部员外郎，其筹划方策、参度远图，也必能济民利世，福惠一方。胸中有城府，知得失损益之道，幕府内事无巨细皆洞察深明，鉴度有方。

　　莫辞冒险艰，可以裨节制，相思江楼夕，愁见月澄霁——裨：助益。节制：管辖约束。月澄霁：月亮澄澈光明。四句劝勉狄员外既身肩安抚巡边之重任，当不畏艰难险阻，圆满完成此行任务，抚慰西山屯戍的兵将，以裨补朝廷边制之阙，靖定边疆，羁縻胡民。送别友人，江楼夕照，夜色氤氲，诗人但起离别依依之情，把盏愁对空中孤圆皎月，月色如霁，天光晴明澄净，恍然间诗人又坐进莫名的惆怅中。

【新评】

　　诗写送别，又暗寓诗人对边地屯兵的不满和对戍卒艰苦生活的同情。岑参诗多集中写塞外奇丽壮美的自然风光、较空洞的奉和酬酢诗，或抒写一种怀才不遇的牢骚语，很少触及当时社会的制度和生活的黑暗面，此诗诗人大胆又有所保留地揭露了屯边之制的弊端和兵卒饥寒交迫的现实。经过安史之乱的磨难,诗人渐脱弃出塞生活中的天真热诚,开始对世间的疮痍、政治的痼疾进行思考和揭露,这是岑参诗歌内容上的进步。

郡斋平望江山

题解

此诗题下有"时牧犍为"之注。《旧唐书·地理志》:"犍为本汉都,因山立名,旧属戎州。上元元年,改属嘉州。"在今四川乐山。郡斋:郡守斋居处。代宗永泰元年(765)十一月,岑参由库部郎中出为嘉州刺史。此诗即作于初任嘉州刺史时。

> 水路东连楚,人烟北接巴。
> 山光围一郡,江月照千家。
> 庭树纯栽橘,园畦半种茶。
> 梦魂知忆处,无夜不京华。

水路东连楚,人烟北接巴——这两句意思是,嘉州东与楚地以水路相连,北则与巴地相接。

山光围一郡,江月照千家——江:锦江、青衣江与汶江汇于嘉州。这两句写嘉州自然风光,意思是嘉州青山环绕,山光宜人,而三江之水更是将月华分于千家。

庭树纯栽橘,园畦半种茶——畦:《文选》卷二十六颜延年《和谢监灵运》:"采茨葺昔宇,剪棘开旧畦。"李善注:"孟子曰:'病于夏畦。'刘熙曰:'今俗以二十五亩为小畦。'"这两句写嘉州风土,意思是这里家家户户庭院内皆栽种橘树,园畦则多半种植茶树。

梦魂知忆处,无夜不京华——京华:《文选》卷三十谢灵运《斋中读书》:"昔余游京华,未尝废丘壑。"吕向注曰:"京华,帝都也。"这两句写诗人宦于他乡,渴望回到京华的愿望。

岑参的五言律诗颇以新巧见称,注重句琢字雕,然因境界阔大、风骨遒上,自与晚唐诗之窘于尺幅异趣。此诗即以写景工致见长,诗在写景时以"平望"的视角展开,虽仅五言八句,而能将嘉州自然人文风貌尽收眼底,完整地加以表现,体现出诗人高度的观察力与表现力。同时,诗中"山光围一郡,江月照千家"二句,不仅对仗工允，境界也开阔壮美，极有韵致。不过，我们读此诗，还可以感受到，诗中作者主要以旁观者、客居者的眼光看待嘉州的自然风物，故而并未表达对嘉州自然风物的喜爱之情。明乎此，对于结尾二句表示回到京华时，语调深至沉痛，便不难理解了。说到底，对于一个晚年而遭外放的人来说，这种遭遇不可能不对他的心态产生影响，"江山信美，终非吾土"，故而难以将自己融入其中，从而对其产生亲切感。

登嘉州凌云寺作

【题解】

嘉州：唐郡名。今四川乐山县。杜鸿渐于大历二年（767）六月，罢去剑南西川节度使职，岑参亦离开幕府，转赴嘉州为刺史。凌云寺：为嘉州名胜，傍山而建，下有凿山而成的弥勒菩萨像。诗写登临游赏所见的风烟美景以及由此而产生的隐遁清寂之想。"迥旷"，一作"迥野"。"永从"，一作"永绝"。"片雨"，一作"飞雨"。

寺出飞鸟外，青峰戴朱楼。
搏壁跻半空，喜得登上头。
始知宇宙阔，下看三江流，
天晴见峨眉，如向波上浮。
迥旷烟景豁，阴森棕枏稠，
愿割区中缘，永从尘外游。
回风吹虎穴，片雨当龙湫，
僧房云濛濛，夏月寒飕飕，
回合俯近郭，寥落见远舟。
胜概无端倪，天宫可淹留。
一官讵足道，欲去令人愁。

寺出飞鸟外，青峰戴朱楼。搏壁跻半空，喜得登上头——出：高出。青峰戴朱楼：写寺之红色阁楼傍山峰而建，远望若戴于其上。搏：攀缘。跻：登。四句写凌云寺翘然高耸出于云端，飞鸟盘旋低伏其下。青山葱茏，苍翠浓郁，寺院阁楼红艳玲珑，矗立于峰顶，若一抹红云，又像一袭红冠。攀缘着峭壁竟也登上山顶，来到那半空中，心下不禁窃喜。

始知宇宙阔，下看三江流，天晴见峨眉，如向波上浮——阔：深广。三江流：指岷江、青衣江、大渡河。嘉州地处三江会合处。峨眉：峨眉山，在嘉州西部约六十里处。四句写登临绝顶，高瞻远瞩，方知天地之宏阔，宇宙之深广，俯视三江，飞流恣肆，水波动荡，远看峨眉山似浮游于其上。

迥旷烟景豁，阴森棕枬稠，愿割区中缘，永从尘外游——迥：远。旷：空阔。烟景：风景。豁：明朗开阔。阴森：幽暗阴郁的颜色。棕枬：棕榈树、楠树。割：弃。区中缘：尘世缘分。四句写登临峰顶，坐视群山低伏，三江回绕，天空高远澄净，宇内辽阔苍莽，只觉心胸豁然为之开朗，清明空旷，略无尘染。近处山中棕榈树、楠树簇拥攒聚，幽暗成为一种冷森的色调，直让人有寻幽探赜的冲动。万象纷纭呈效，灵动自然，妩媚真诚，不必卑身，毋庸虚饰，以恬漠真诚之心对之即可得大自然无私吐露其秘密。诗人历尽仕途沉浮跌宕，早已疲惫不堪，见此风烟美景、人间仙境，直欲有脱弃世俗，永归自然的尘外之想。

回风吹虎穴，片雨当龙湫，僧房云濛濛，夏月寒飕飕，回合俯近郭，寥落见远舟——回风：旋风。虎穴、龙湫：未详其处。片雨：阵雨。当：临。回合：回环盘曲。郭：外城，此处指嘉州城。寥落：稀疏。六句写回风轻旋着舞姿飘过虎穴，阵雨急跳着脚步登临龙湫，寺院僧房内云游雾走，空蒙苍茫，直如仙境，月亮清冷凝郁，寒气飞射。俯瞰山下嘉州城，斗回蛇曲，明灭闪烁，江中轻舟漂浮荡漾，疏疏落落地散布在净白如练的江面上。

胜概无端倪，天宫可淹留。一官讵足道，欲去令人愁——胜概：锦绣山河的美丽风光。端倪：边际。天宫：天上宫殿，此处指凌云寺。讵(jù)：岂。四句写山河壮阔，烟景如画，区宇内无限风光，目不暇给。凌云寺直如天上宫阙，海中仙岛，让人留连忘返。尘世微官，劳形损真，一名小官岂可与清景无限的风光相比？岂可与让人悠然起尘外之想的凌云寺相比？

诗人从杜鸿渐幕府转迁至嘉州，苍凉肃朗的心境使他对仕途虽依然潜隐着丝丝沉痛的执着，却已能消泯淡化此痛于嘉州的锦山绣水中。诗人在这期间写了不少游赏之作，此篇又是代表。首句即用意新奇，平淡中见出兀突起伏之笔，一个"豁"字形神妙肖，既点出寺高云外，又写出其依山峰而建之势。下段写峨眉山浮游江上，亦可见出诗人观察之细致和圆熟用心。诗人笔下的景致没有了塞外的奇丽壮美，而多一份明秀恬和；诗人的笔致也减削了奔放、浓烈、绚烂奇峭的风格，而代之以清新峻朗、天然秀发的一种纯净美。

峨眉东脚临江听猿怀二室旧庐

题解

二室旧庐：指诗人于河南嵩山隐居时的故居。二室：太室、少室山。《元和郡县志》卷六："嵩山在（登封）县北八里，亦名方外山。又云：东曰太室，西曰少室，嵩高总名，即中岳也。"诗写于嘉州。诗人描绘了嘉州秀丽清新的雨后景色，也抒发了思乡的情愁。

峨眉烟翠新，昨夜秋雨洗。
分明峰头树，倒插秋江底。
久别二室间，图他五斗米。
哀猿不可听，北客欲流涕。

峨眉烟翠新，昨夜秋雨洗——烟翠：苍翠的山色。二句写峨眉山雨后秋景清新可人，山上树木葱茏，苍翠浓郁。绿意入目，染得空气也明净如许。

分明峰头树，倒插秋江底——分明：清晰。二句写峨眉山峰青松翠柏如剪影般地倒映于明净的秋江里，其清秀简逸的姿态分明地凸现。

久别二室间，图他五斗米——五斗米：见《初授官题高冠草堂》注。二句写诗人目睹他乡明媚的烟景，不由忆起年轻时隐居的嵩山太室旧庐。自己但为微官薄俸奔走流荡，得者为何？

哀猿不可听，北客欲流涕——郦道元《水经注·江水注》言巫峡："每至晴初霜旦，林寒涧肃，常有高猿长啸，属引凄异，空谷传响，哀转久绝。故渔者歌曰：'巴东三峡巫峡长，猿鸣三声泪沾裳。'"北客：来自北方的旅人，岑参自谓。二句写峨眉山中猿鸣三声惨绝人寰，诗人听此亦泫然而泣，泪洒襟衫。

诗前四句写峨眉山清新秀媚的雨后秋景，后四句怀念故土，惆怅人在仕途、身不由己的沉浮命运。烟景之秀美与诗人之流离客居的反差对照，使烟景的美也更加触目惊心，诗人的流离也愈益惨凄悲凉，诚所谓"以乐景写哀情，一倍增其哀乐"也。此诗思深意远，语短情长，体现出晚年的诗人已洗去壮年时的铅华和豪宕，更趋于一种平淡而山高水长的境界。

阻戎泸间群盗

题解 戎泸：戎州、泸州，唐代皆属剑南道。戎州，今四川宜宾市。泸州，今四川泸州市。群盗：指于四川作乱的泸州刺史杨子琳军队。大历二年（767），杜鸿渐入朝，表奏崔旰为西川节度使。三年（768）崔旰入朝，以崔宽为留后，杨子琳作乱，举兵突入成都。四年（769），杨兵败退还泸州，招聚亡命之徒数千人，沿江东下，声言入朝。（《资治通鉴》）戊申岁：即大历三年。罢官东归：指岑参在嘉州任上三年秩满欲沿长江东还，遇叛军，后改道经汴河北归。属：适逢。淹泊：滞留。江：指长江、岷江，戎州位于长江、岷江的会合处。诗写东归途中遇叛军作乱。诗人描写了叛军残酷杀戮、河山无色的悲惨场面及忧思国难，感叹现实的悲慨。一本诗题下无注。"连蛮"，一作"连峦"。

戊申岁，余罢官东归，属断江路，时淹泊戎州作。

南州林莽深，亡命聚其间，
杀人无昏晓，尸积聚江湾。
饿虎衔髑髅，饥乌啄心肝，
腥裹滩草死，血流江水殷。
夜雨风萧萧，鬼哭连楚山。
三江行人绝，万里无征船，
唯有白鸟飞，空见秋月圆。
罢官自南蜀，假道来兹川，
瞻望阳台云，惆怅不敢前。
帝乡北近日，泸口南连蛮，
何当遇长房，缩地到京关，
愿得随琴高，骑雨向云烟。
明主每忧人，节使恒在边，
兵革方御寇，尔恶胡不悛，
吾窃悲尔徒，此生安得全？

南州林莽深,亡命聚其间,杀人无昏晓,尸积聚江湾——南州:南方州县,此指戎州、泸州。林莽:密林草莽。亡命:亡命之徒,指杨子琳叛军。昏晓:朝夕。四句写戎泸间深山多密林,平野尽草莽,适可使亡命的叛军作乱于其间。叛军朝夕杀人,尸积如山,使江河为之暴涨。

饿虎衔髑髅,饥乌啄心肝,腥裛滩草死,血流江水殷,夜雨风萧萧,鬼哭连楚山——髑髅(dúlóu):死人头骨。饥乌:饥饿的乌鸦。腥:血腥气。裛(yì):濡湿。滩草:江岸沙滩上的野草。殷(yān):鲜红。萧萧:风声,悲飒之声。六句写尸横遍野,得饿虎扑食之便,腐肉成山,成饥乌啄人心肝之利。血腥浸濡着岸滩绿草,杀气浓烈得使草也奄奄绝倒。江水变色,呜咽着刺目的惨红。暗夜里,腥风也悲飒,血雨也低回,磷火幽幽,忽明忽现,冤魂野鬼,哭声凄厉,山川草木也默立啜泣,不忍看这人间惨相。

三江行人绝,万里无征船,唯有白鸟飞,空见秋月圆——三江:见《登嘉州凌云寺作》注。白鸟:白鹭,水禽。四句写三江人迹绝断,征帆云散,只有滩头白鹭翘首徘徊,晴空明月,兀自团圆。

罢官自南蜀,假道来兹川,瞻望阳台云,惆怅不敢前——南蜀:四川南部,嘉州在四川南部。假:借。阳台云:阳台在四川巫山之下。宋玉《高唐赋序》:"妾在巫山之阳,高丘之阻,且为朝云,暮为行雨,朝朝暮暮,阳台之下。"巫山是诗人东归的必经之地。四句写诗人罢官嘉州,东归假道于戎、泸,不料遇此叛军阻路,血雨腥风,惨绝人寰。诗人但望巫山云雨,阳台仙踪,欲去瞻仰,而群盗出没于其间,只得望台兴叹,惆怅不前。

帝乡北近日,泸口南连蛮,何当遇长房,缩地到京关,愿得随琴高,骑雨向云烟——帝乡:帝都长安。近日:用晋明帝典。《初学记》卷一"日部"引刘邵《幼童传》:"晋明帝讳昭,元帝太子也。初元帝为江东都督镇扬州时,中原丧乱,有人从长安来,元帝问洛下消息,潸然流涕。(明)帝年数岁,问泣故。具以东渡意告之,因问(明)帝:'汝意谓长安何如日远?'答曰:'不闻人从日边来,只闻人从长安来,居然可知。'元帝异之。明日集群臣宴会,设以此问,明帝又以为日近。元帝动容,问何以异昨日之言,答曰:'举头不见长安,只见日,是以知近。'帝大悦。"典中将长安与日比较,长安尚远在日外。此处借用其意,言长安路途遥远。何当:何时。长房:用前《安西馆中思长安》注。京关:京都长安。琴高:《列仙传》:"琴高,赵人,能鼓瑟,为宋康王舍人,行涓彭之术,浮游冀州涿郡间二百年,后辞入涿水取龙子,与诸弟子期日,斋洁待于水旁设祀,果乘赤鲤,来坐祠中,且有万人观之,留一月,复入水去。"向云烟:指腾空飞去。六句写故园长安遥远,远隔千山万水,泸州南连蛮夷僻野，人情风景迥异于中原。诗人思乡心切，归心似箭，愿得长房仙术，缩千里地为咫尺，可一步跨至家乡，愿能像琴高乘鱼，驰空仙飞，交睫间至家。

明主每忧人，节使恒在边，兵革方御寇，尔恶胡不悛，吾窃悲尔徒，此生安得全——忧人：忧民。节使：节度使。尔恶胡不悛：尔，指杨子琳等叛军。胡，为何。悛，悔改。《左传·隐公元年》："长恶不悛。"全：全身，保全性命。六句写盛朝天子忧济黎民，日理万机，节度使驻守边地，抚乱安民，朝廷兵马足以御叛军草寇，贼寇虽气焰嚣张，猖獗一时，终有覆没剿灭之时，何不早日放下屠刀，归顺朝廷？

诗人亲历叛乱，亲眼目睹生灵涂炭、叛军祸国殃民、令人发指的罪行，诗人内心填堵着悲愤忧伤，胸中燃烧着怒火仇恨，真实地记录着叛军的滔天罪行。前半部分写乱后的凄惨场面。诗人极夸张、想像之笔墨泼出一幅血污淋漓、阴森惨布的死亡场面，令人触目惊心。写尸积如山，血流成河，江河吞声，天光无色，写鸟兽穿行，鬼哭狼嚎，万径无人，千里绝迹。诗人的悲愤填膺与环境氛围的阴森恐怖相映成章，鲜明的形象画面直使人有亲临战场、背怵肌凉的恐惧感。后半部分写诗人回乡受阻，思念故园，忧心如焚，并申斥叛军早作安身计，结束战乱。两个典故的使用，响落天外，着墨不多，却颇显奇妙。

客舍悲秋有怀两省旧游呈幕中诸公

诗写于诗人于嘉州秩满罢官东归途中。由于戎泸间受乱军阻路，只好折回成都，此诗即作于大历四年（769）成都客舍，离诗人去世仅四五个月的时间。两省旧游：即门下省、中书省的旧日同僚好友。幕：指西川节度使崔旰幕府。诗人偶值成都客舍，恰逢凉秋，感怀吟哦；身世浮沉、国家多难，悲秋寄怀以呈旧友新知。

　　三度为郎便白头，一从出守五经秋。
　　莫言圣主长不用，其那苍生应未休！
　　人间岁月如流水，客舍秋风今又起。
　　不知心事向谁论，江上蝉鸣空满耳。

三度为郎便白头，一从出守五经秋——三度为郎：岑参曾五次为郎：祠部员外郎（礼部）、考功员外郎（吏部）、虞部员外郎（工部）、屯田员外郎（工部）、库部员外郎（兵部）。三为虚数。白头：诗人此时五十四岁。一从句：自永泰元年（765年）出为嘉州刺史至此，已历五个年头。二句写诗人游宦多年，曾五次为郎，转任各部，宦途浮沉，今已幡然白发，垂垂老矣。从出守嘉州刺史，也已度过五个春秋，人生如朝露，举头低头间耳。

莫言圣主长不用，其那苍生应未休——莫言：不必说。其那：怎奈。未休：未能休养生息，安居乐业。二句写自己宦途多舛，卑官长寄，休抱怨圣主不用，君臣难遇合，国家多事之秋，民不聊生，饥寒交迫，怎可暂计个人得失，为蝇头小利、蜗角虚名而怨声载道？

人间岁月如流水，客舍秋风今又起——二句写岁月如流水，逝者如斯，时不我与，今已蹉跎，国仇家恨，人生离合，功名烟云，使诗人感秋风萧瑟，草木凋落，悲从中来。

不知心事向谁论，江上蝉鸣空满耳——二句写诗人满腹心事，愁肠百结，不知向谁倾诉，但闻江上鸣蝉声声凄厉，作尽人间惨调。

【新评】

大历四年，诗人旅居成都一年余，终未及北归，病殁于成都客舍。此诗如诗人的一生经历的感怀，"鸟之将死，其鸣也哀，人之将亡，其言也善"。诗人回忆自己五度为郎、二次出塞、三年嘉州的出仕经历，虽没有力拔千钧、扭转乾坤之才，却也已尽绵薄之力，尽职尽责，忠义持身。微官卑职，忝居朝列，自己虽有长风破浪、济世扶危之心，不能施展，又怎可怨声载道，叹世艰难？客舍独坐，凄然北望，诗人百感交集，满腹心事，无人倾诉。全诗写得苍凉悲郁，格调高远，深衷浅貌，句平意远，脱弃繁缛而丰华古韵，天然呈现。诗人晚年诗苍凉平淡中更见老成和浑圆，意境浑涵，更耐人沉思吟咏，回味咀嚼。

◎ 附　录

岑参年谱简编

唐玄宗李隆基开元五年丁巳(717)，一岁

是年，岑参生(岑参生年说法不一，有715年、716年、717年等)。祖籍江陵(今湖北荆州)，郡望为南阳棘阳(今河南新野东北)。曾祖父文本，博通经史，善属文，太宗贞观十八年(644)拜中书令(即宰相)。伯祖父长倩，高宗永淳元年(682)至武后天授二年(691)为相，因反对立武承嗣为皇太子被杀。堂伯父羲以文史著名，睿宗景云元年(710)及三年为相，开元元年(713)因参与太平公主谋逆事被诛，其亲族亦多被流放。自此，岑氏家道衰落，一蹶不振。岑参祖父景倩，武后时为麟台少监、卫州刺史，兼昭文馆学士。父植，开元初位终仙、晋二州刺史。

开元八年庚申(720)，四岁

父植于晋州作刺史，参随其父寓居于此约七八年。后来作的《题平阳郡汾桥边柳树》题下注云："曾客居平阳郡八九年。"平阳郡属晋州管辖，可知。

开元九年辛酉(721)，五岁

始随其兄受书，能自砥砺，遍览经史。

开元十三年乙丑(725)，九岁

已能属文。

开元十九年辛未(731)，十五岁

隐居嵩山西峰少室山苦读，为求取功名作准备。

开元二十三年乙亥(735)，十九岁

诣长安"献书阙下"，对策落第，失意东归，过潼关，作《戏题关门》。此后十年，诗人为求仕，常往返于长安、洛阳间。作《东归晚次潼关怀古》等诗，表达失意落魄之情。

开元二十八年庚辰(740)，二十四岁

在长安。诗人王昌龄贬谪江宁，岑参赋《送王大昌龄赴江宁》，为之送行。

开元二十九年辛巳(741)，二十五岁

春，北游河朔。路经邺城，作《登古邺城》。宿邯郸客舍，作《邯郸客舍歌》。至冀州南还。秋，先至匡城，又至大梁，作《至大梁却寄匡城主人》。

唐玄宗李隆基天宝元年壬午(742)，二十六岁

春，诗人尚滞留于大梁，游梁园，作《山房春事二首》，归返河南颍阳，作《偃师东与韩樽同诣景云晖上人即事》。

诗人约于是年,在长安南终南山隐居,筑高冠草堂。《送郭乂杂言》中有云:"去年四月初,我正在河朔。"可证。隐居终南山,诗人常携友流连山水,参禅访道,等待机会出仕。作有《秋夜宿仙游寺南凉堂呈谦道人》、《还高冠潭口留别舍弟》、《终南云际精舍寻法澄上人不遇归高冠东潭石淙望秦岭微雨作贻友人》等诗。

天宝三载甲申(744),二十八岁

在长安。是年,举进士,以第二名及第。虽进士及第,只是取得出身资格,还须通过吏部试的铨选,才能释褐做官。

天宝四载乙酉(745),二十九岁

诗人约在此年,参加吏部铨选,解褐授右内率府兵曹参军(正九品下)。诗人暂还居高冠草堂,作《初授官题高冠草堂》、《高冠谷口招郑鄠》等诗,表现诗人向往隐逸,为生计所迫不得不出仕的矛盾心情。从解褐授官至天宝八载(749)的四、五年时间中,诗人一直在长安做官,偶有假归,作《因假归白阁西草堂》,有"误徇一微官,还山愧尘容"之句,流露出微官暂寄的无可奈何。在长安郊游、游宴,作《首春渭西郊行呈蓝田张二主簿》、《喜韩樽相过》等诗。

天宝七载戊子(748),三十二岁

在长安。是年颜真卿使赴河陇,参作《胡笳歌送颜真卿使赴河陇》诗为之送行。

天宝八载己丑(749),三十三岁

安西四镇节度使高仙芝入朝,表参为右威卫录事参军,充节度使幕府掌书记。诗人于是年初冬赴安西幕府(今新疆库车)任职。

经陇山遇宇文判官,作《初过陇山途中呈宇文判官》,有"万里奉王事,一身无所求。也知塞垣苦,岂为妻子谋"之句,表达诗人不计艰险,甘心报国的高贵品质。

辞别陇山,诗人取道河西走廊抵敦煌,然后出阳关(在敦煌西南),经蒲昌海(今新疆罗布泊)一带,又西北行至鄯善,再经火山西行至西州州治(在今吐鲁番东南哈剌和卓城),又由西州州治西南行,经银山碛(今托克逊西南)、铁门关(今库尔勒北)至安西都护府龟兹。一路山行水阻,诗人跋涉之余,不忘抒情写志。

过陇西郡作《西过渭州见渭水思秦川》,思乡情不可遏。脍炙人口的《逢入京使》当作于此时。

宿于金城郡客舍,作《题金城临河驿楼》。

走至敦煌,曾赴敦煌太守之宴,作《敦煌太守后庭歌》,以记异域游宴之风情。

经火山,有描写其奇丽风光的《经火山》诗。

经过茫茫沙漠,作《日没贺延碛作》、《碛中作》、《过碛》、《银山碛西馆》、《宿铁关西馆》等诗。

诗人跋涉二月余,方到达安西治所龟兹。一路上诗人抑郁寡欢,迷惘惆怅,思乡之情几见于每一首诗中。偶有亮丽健举的，如《银山碛西馆》："丈夫三十未富贵，安能终日守笔砚。"

天宝九载庚寅（750），三十四岁

在安西都护府治所龟兹。有《安西馆中思长安》《忆长安曲二章寄庞㴶》等诗。

诗人于安西行役，常转徙不定，《寄宇文判官》："二年领公事，两度过阳关。"曾至焉耆者，作《早发焉耆怀终南别业》《玉关寄长安李主簿》《题苜蓿烽寄家人》等诗。

天宝十载辛卯（751），三十五岁

正月，朝廷任命高仙芝为河西节度使，代安思顺。高仙芝幕府群僚共赴河西治所武威（今甘肃武威），但不久朝廷复留安思顺于河西，高仙芝于是年四月亦返回安西。其幕僚或赴安西，或留武威，岑参亦滞留在武威。直至六、七月间，由武威回到长安。在武威期间，作《武威春暮闻宇文判官西使还已到晋昌》《武威送刘判官赴碛西行军》《河西春暮忆秦中》《武威送刘单判官赴安西行营便呈高开府》等诗。

天宝十一载壬辰（752），三十六岁

在长安。秋，与高适、杜甫、储光羲、薛据游慈恩寺、大雁塔，有《与高适薛据登慈恩寺浮图》，与诸公相唱和。诗人自武威归长安后的两三年内，一直过着半官半隐的生活，渔樵山水，步月追风，参禅悟道。虽清闲，诗人心绪并不平静，仕途的失意暂消解于如画的田园中。有《终南双峰草堂作》《终南东溪口作》《送魏四落第还乡》《与鄠县源少府泛渼陂》等诗。

天宝十三载甲午（754），三十八岁

在长安。夏末，诗人应安西、北庭节度使封常清的辟召，远赴庭州（北庭都护府治所，在今新疆吉木萨尔北），任安西、北庭节度判官。

诗人从长安出发，过陇山，至凉州（即武威）曾少事停留，与于天宝十载曾在那里结识的朋友团聚宴集（见《凉州馆中与诸判官夜集》诗），又西出玉门关，过银山碛，作《碛西头送李判官入京》，最后到达庭州。

天宝十四载乙未（755），三十九岁

在北庭都护府。诗人常往返于庭州、轮台两地。任职北庭，诗人的才华颇受封常清的赏识和青睐，诗人心绪亮丽明快很多。写了大量优秀的反映西域壮丽奇异风光的诗篇，如久被传颂的《走马川行奉送出师西征》（"轮台九月风夜吼，一川碎石大如斗"）、《白雪歌送武判官归京》（"忽如一夜春风来，千树万树梨花开"）、《热海行送崔侍御还京》《火山云歌送别》等诗。还有描写战争、歌颂战将的诗篇，如《献封大夫破播仙凯歌六首》《赵将军歌》《玉门关盖将军歌》等，还有部分送行诗，如《送崔子还京》《天山雪歌送萧治归京》《与独孤渐道别长句兼呈严八侍

御》等诗,格调都较高亢振奋,清新明快。

十一月,安史之乱爆发。封常清正好入朝,玄宗命他赴东京洛阳募兵御贼,而岑参仍留在北庭。

十二月,东京沦陷。

天宝十五载、唐肃宗李亨至德元载丙申(756),四十岁

在北庭。

六月,安禄山攻陷潼关,玄宗逃往成都,叛军占领京都长安。

七月,肃宗即帝位于灵武(今宁夏灵武市西南),改元至德。

至德二载丁酉(757),四十一岁

肃宗至凤翔。

春夏间,岑参由北庭奔赴凤翔。由杜甫等人荐举,授右补阙。诗人尽心于谏职,"频上封章,指述权佞"。然不受重视,诗人忧国忧民,内心苦闷。作《行军二首》、《行军九日思长安故园》、《佐君思旧游》等诗。

九月,唐军收复京都长安。

十月,收复东京洛阳。肃宗还京都,岑参亦随从还京,仍官右补阙。

唐肃宗李亨乾元元年戊戌(758),四十二岁

在长安。作《奉和中书贾至舍人早朝大明宫》、《西掖省即事》、《寄左省杜拾遗》等诗。

乾元二年己亥(759),四十三岁

在长安。

三月,改任起居舍人。

夏,出为虢州(今河南灵宝市南)长史。诗人赤诚守职,敢言直谏,不畏权佞,反遭外贬。诗人于虢州任上郁郁寡欢,常登临观眺以发抒郁冈之情怀。有《初至西虢官舍南池呈左右省及南宫诸故人》、《郡斋闲坐》、《题虢州西楼》、《早秋与诸子登虢州西亭观眺》、《虢州后亭送李判官使赴晋绛》等诗。

唐肃宗李亨上元元年庚子(760),四十四岁

在虢州。诗人约在虢州寓居三年。

唐代宗李豫宝应元年(762),四十六岁

春,改太子中允,兼殿中侍御史,充关西节度判官。十月,天下兵马元帅雍王适(即德宗)会师陕州,讨安史余党史朝义,并委任岑参为掌书记。

唐代宗李豫广德元年癸卯(763),四十七岁

正月,史朝义败死,岑参随征讨诸军回京,供职于御史台。

秋,迁祠部员外郎,后转考工员外郎。

广德二年甲辰(764),四十八岁

在长安。转虞部郎中。

唐代宗李豫永泰元年乙巳(765),四十九岁

在长安。转库部郎中。

十一月,出为嘉州刺史,遇蜀中变乱,不得赴任,行至梁州(今陕西汉中市)而还,有《过梁州奉赠张尚书大夫公》等诗。

唐代宗李豫大历元年丙午(766),五十岁

春,复入蜀,被宰相、剑南西川节度使杜鸿渐辟为幕府僚属。有《早上五盘岭》"此行为知己,不觉蜀道难"之语,感杜鸿渐的知遇之恩,及《入剑门作寄杜杨二郎中时二公并为杜元帅判官》等诗。

诗人在剑南,曾于成都游览古迹,作一系列的怀古诗,感叹古时风流,俯念今事。

大历二年丁未(767),五十一岁

四月,杜鸿渐入朝奏事,代宗留其使知政事。岑参遂赴嘉州刺史任。有《登嘉州凌云寺作》等诗。

大历三年戊申(768),五十二岁

在嘉州。七月,罢官东归,至戎州,阻于群盗,淹泊泸口。作《阻戎泸间群盗》以记。后改计北行,暂寓居成都旅舍。

大历四年己酉(769),五十三岁

寓居成都旅舍。诗人贫病交加,归乡不得,于是年末,卒于旅舍。有《西蜀旅舍春叹寄朝中故人呈狄评事》、《客舍悲秋有怀两省旧游呈幕中诸公》等诗。

岑参著作主要版本

1.《岑嘉州诗集》八卷
宋刻本,为岑参子岑佐公收集,并请杜确编辑。

2.《岑嘉州诗集》八卷(残存前四卷)
宋刻本。

3.《岑嘉州集》八卷
明刻本,清吴慈培、近人周叔弢笔校。

4.《岑嘉州集》八卷
明正德庚辰谢元良刻本。

5.《岑参集》一卷
见于《唐十二家诗》,明万历刊本,署"关中李本芳元荣校"。

6.《岑嘉州集》七卷本

《四部丛刊》影印明刊本。

7.《全唐诗》四卷

8.《岑参集校注》

上海古籍出版社 1981 年版,陈铁民、侯忠义校注。

岑参研究主要著作

1.《岑参集校注》

陈铁民、侯忠义校注,上海古籍出版社 1981 年版。

2.《岑参诗选》

刘开扬选注,四川文艺出版社 1986 年版。

3.《岑参年谱》

赖义辉著,《岭南学报》1930 年第 1 卷第 2 期。

4.《岑嘉州系年考证》

见于闻一多著《唐诗杂论》,上海古籍出版社 1998 年版。

5.《岑诗系年》

李嘉言著,收于《文学遗产增刊》1956 年第 7 期。

6.《岑参诗集编年笺注》

刘开扬注,巴蜀书社 1995 年版。

7.《岑参评传》

廖立著,人民文学出版社 1990 年版。

8.《高适岑参选集》

高文、王刘纯选注,上海古籍出版社 1988 年版。

9.《高适岑参诗选》

孙钦善、武青山等选注,人民文学出版社 1985 年版。

10.《高适岑参诗选评》

陈铁民撰,上海古籍出版社 2002 年版。

《岑参集》名言警句

△渭北草新出,关东花欲飞。(《送崔全被放归都觐省》)(第 004 页)

△武帝宫中人去尽,年年春色为谁来?(《登古邺城》)(第 005 页)

△孤灯然客梦,寒杵捣乡愁。(《宿关西客舍寄东山严许二山人时天宝初七月三日在内学见有高道举徵》)(第 009 页)
△涧水吞樵路,山花醉药栏,祇缘五斗米,辜负一渔竿。(《初授官题高冠草堂》)(第 010 页)
△涧花然暮雨,潭树暖春云。(《高冠谷口招郑鄠》)(第 011 页)
△枕上片时春梦中,行尽江南数千里。(《春梦》)(第 019 页)
△万里奉王事,一身无所求,也知塞垣苦,岂为妻子谋?(《初过陇山途中呈宇文判官》)(第 025 页)
△故园东望路漫漫,双袖龙钟泪不干。马上相逢无纸笔,凭君传语报平安。(《逢入京使》)(第 031 页)
△为言地尽天还尽,行到安西更向西。(《过碛》)(第 034 页)
△丈夫三十未富贵,安能终日守笔砚?(《银山碛西馆》)(第 034 页)
△都护行营太白西,角声一动胡天晓。(《武威送刘判官赴碛西行军》)(第 048 页)
△秋色从西来,苍然满关中。五陵北原上,万古青濛濛。(《与高适薛据登慈恩寺浮图》)(第 049 页)
△池中几度雁新来,洲上千年鹤应在。梁园二月梨花飞,却似梁王雪下时。(《梁园歌送河南王说判官》)(第 057 页)
△庭树不知人去尽,春来还发旧时花。(《山房春事二首》其二)(第 059 页)
△花门楼前见秋草,岂能贫贱相看老,一生大笑能几回,斗酒相逢须醉倒。(《凉州馆中与诸判官夜集》)(第 062 页)
△汉月垂乡泪,胡沙费马蹄。(《碛西头送李判官入京》)(第 063 页)
△轮台九月风夜吼,一川碎石大如斗,随风满地石乱走。(《走马川行奉送出师西征》)(第 064 页)
△十年祇一命,万里如飘蓬。(《北庭贻宗学士道别》)(第 069 页)
△北风卷地白草折,胡天八月即飞雪。忽如一夜春风来,千树万树梨花开。(《白雪歌送武判官归京》)(第 076 页)
△瀚海阑干百丈冰,愁云惨淡万里凝。(《白雪歌送武判官归京》)(第 076 页)
△看君走马去,直上天山云。(《醉里送裴子赴镇西》)(第 087 页)
△君去试看汾水上,白云犹似汉时秋!(《虢州后亭送李判官使赴晋绛》)(第 098 页)
△山光围一郡,江月照千家。(《郡斋平望江山》)(第 112 页)

图书在版编目（CIP）数据

岑参集／（唐）岑参著；阮堂明解评．—2版．—太原：三晋出版社，2008.6（2013.4重印）

（中国家庭基本藏书·名家选集卷）

ISBN 978-7-80598-937-2

Ⅰ.岑… Ⅱ.①岑…②阮… Ⅲ.唐诗-选集 Ⅳ.I 222.742

中国版本图书馆CIP数据核字（2008）第090988号

岑参集

著　　者：	（唐）岑　参		解评者：	阮堂明
责任编辑：	宁志荣　张仲伟		审订者：	宁志荣
封面设计：	敬人工作室		版式设计：	敬人工作室
责任校对：	宁志荣		责任印制：	李佳音

出版发行：山西出版传媒集团·三晋出版社（原山西古籍出版社）
地　　址：太原市建设南路21号
电　　话：（0351）4956036（咨询）　　　4922268（邮购）
传　　真：（0351）4922102
网　　址：http：//sjs.sxpmg.com
邮　　编：030012
E - mail：sj@sxpmg.com

印刷装订：山西出版传媒集团·山西新华印业有限公司
（本书如有破损、缺页、装订错误，请与承印厂联系调换　0351-4120948）

开　　本：787mm×960mm　1/16
字　　数：165千字
印　　张：9.25
版　　次：2008年10月第2版
印　　次：2013年4月第2次印刷
书　　号：ISBN 978-7-80598-937-2
定　　价：15.00元

版权所有，翻印必究。本书图文未经书面授权，不得以任何方式转载或公开发表。